U0450450

诗经的世界

〔日〕白川静 著

黄铮 译

后浪出版公司

四川人民出版社

目 录

序　章 …………………………………………………………… 1

第一章　古代歌谣的世界 …………………………………… 1
古代歌谣的时代 ……………………………………… 3
歌谣的起源 …………………………………………… 5
表达的样式 …………………………………………… 8
《扬之水》三篇 ……………………………………… 11
摘草之歌 ……………………………………………… 18
登高饮酒 ……………………………………………… 22
表现的问题 …………………………………………… 26

第二章　山川歌谣 …………………………………………… 33
说"南" ………………………………………………… 35
追寻游女 ……………………………………………… 40
白驹之客 ……………………………………………… 44
鹭羽之舞 ……………………………………………… 46
歌垣之歌 ……………………………………………… 49
季女之叹 ……………………………………………… 56

第三章　诗篇的展开与恋爱诗 ……………………………… 65
宗庙的祭典 …………………………………………… 67
君子赞颂 ……………………………………………… 72
恋爱诗的成立 ………………………………………… 76

	爱情的表现	85
	诱引与戏弄	92
第四章	**社会与生活**	**105**
	婚礼之歌	107
	弃妇之叹	114
	贫穷问答	119
	旷野漂泊	126
	流离之诗	132
	蜉蝣之羽	141
第五章	**贵族社会的繁荣与衰弱**	**149**
	诗篇的时代	151
	贵族社会的繁荣	154
	危机意识与诗篇	163
	宫廷诗人尹吉甫	167
	十月之交	172
	丧乱之诗	177
	西周的挽歌	181
第六章	**诗篇的传承与诗经学**	**189**
	入乐之诗	191
	乐师传承的时代	195
	赋诗断章	197
	诗篇与传说	200
	诗经学的发展	206
	诗篇的特质	211
后　记		215
译后记		216

序　章

　　《诗经》在古时只称为《诗》。《诗经》被认为是中国古代[①]全部诗歌的集合；此书应是公元前9到公元前8世纪所流行的中国古代歌谣的集成。《诗经》这个庄严的称呼虽然是在宋代以后才出现的，但是早在先秦时代，它就已在《论语》《孟子》以及其他诸子之书当中被视为经书，亦即最权威的古老典籍来引用。在中国最古老的目录书——《汉书·艺文志》里，它亦被收录于《六艺略》之中。六艺也被称为"六经"，是儒教圣典之书。作为将古代人们的喜怒哀乐融入其中并抒发于外的民谣和贵族社会的诗歌，像这样过早被视为经典，虽然对于古代歌谣的后世传承而言可谓幸事，但诗篇[②]的解释也因此被儒教性的诠释所改变，失去了其古代歌谣的本来面貌。或许是因从古至今诵读《诗经》之人繁多的缘故，所以常使人感到存在着很多难以索解的奇特解释。虽说被称为古代歌谣，其中毕竟存在着和今人并无变化的情感流露。只有将这种情感用直接的解释表达出来，才是理解诗篇这种古代文学的出发点。本书将以此作为首要的目标。

　　《诗经》分为风、雅、颂三个部分。其中风是诸国的民谣，雅

[①]　此处指中国先秦时期。——编者
[②]　为保持原书用词，除其前已有某著作名称如"《圣经》的诗篇"等表达外，文中"诗篇"一词皆指《诗经》。——编者

是西周贵族社会的诗,颂是周王朝为主及于春秋期鲁、宋二国的庙歌。此三部分,其诗篇的性质也大有不同。

风具有风俗之意,是本意指自然风气之意的词语,所以由风土、风俗所诞生的歌谣都被称为风。流传至今的,有《周南》十一篇、《召南》十四篇、《邶风》十九篇、《鄘风》十篇、《卫风》十篇、《王风》十篇、《郑风》二十一篇、《齐风》十一篇、《魏风》七篇、《唐风》十二篇、《秦风》十篇、《陈风》十篇、《桧风》四篇、《曹风》四篇、《豳风》七篇,合计一百六十篇。其中唯有《周南》《召南》称为"南",故而叫作"二南"。周、召二地位于现今洛阳周边至于其南部的地域,古时为统治此地的周公、召公之子孙所领。"二南"之诗多在贵族社会的仪礼之中作为乐诗使用,具有独特的传承方式。因与一般民谣的性质不同,所以"二南"之诗有别于《国风》中其他的诗篇。

邶、鄘、卫三地原属于殷王朝的王畿之地,处于今河南省内黄河以北的地区,于当时而言,是最为先进的地域。《王风》之王是指王城,即现今的洛阳。古时将其称为成周,是相对于周的首都宗周(现西安)而言,是位于东边的别都。郑位于河南中部,现今郑州附近。在殷迁都安阳以前,曾有一段时间立都于此;殷亡以后,依然是工商业繁荣的地区。再加上殷的王畿之地——卫、郑、卫诗篇里的颓废之气颇为浓厚,被称为"郑卫之音"(《礼记·乐记》),指其地诗歌中多有伤风败俗的内容。齐为山东之地,幅员辽阔,是坐拥鱼盐之利的丰沃之地。魏、唐位于山西的西南部,处于山陵地带,土地贫瘠,生活条件极为困苦。这些地域的风土人情,都反映在了诗篇之中。

秦位于陕西的渭水流域，周东迁以后秦人占居于此。在《秦风》的诗篇中，时有接近于"雅"的声调残留其中。陈、桧、曹都是小国，陈、桧在河南，曹在山东。陈位于河南的南部，接近楚地，对于山川的祭祀活动极为盛行，所以此地多有歌垣①，其诗篇也大多是歌垣上吟诵之歌。

豳位于秦的北方，在陕西北部的山地；周完成统一以前，其祖王就在此地经营。《七月》一篇是歌咏农事历的长篇歌谣，其中还残留了古代氏族社会的生活痕迹，意味深远。其地因为周的东迁（前770年）而脱离了周的统治，因此《豳风》诸篇应该形成于西周末期。在豳与二南的诗中，都含有这样古老时期的诗篇。虽然其他的国风之中也有不少是在春秋时期形成的，但因其为民谣，或也应有古代传承下来的作品。从整体而论，《国风》的地域主要是在河南的黄河南北一带，并延长及至山东、山西、陕西诸地，涵盖了当时的整个中原文化圈。论其时代，大体多是在东迁前后。

雅分为《小雅》七十四篇与《大雅》三十一篇，合称为"二雅"。《小雅》主要是贵族社会宴会之上所唱咏的诗歌，《大雅》则是带有官方性质的诗篇。古老时期的诗歌多是仪礼性质的歌谣，而新时期的诗歌则反映了西周后期社会的混乱与政治秩序的崩坏，很多是社会诗和政治诗。雅中诗篇的大部分，相对于《国风》的单纯复诵，亦即叠咏形式的民谣而言，并不一定采取叠咏形式，

---

① 日本古代于春天举行的民间行事，其间除饮食、舞蹈、诵歌，亦包括求婚等活动。按白川静先生此书特色之一，即以日本《万叶集》为代表的古代诗歌，与中国的《诗经》进行比较研究，故常以日本相关名词比附中国的类似历史、文学现象。我们为了表现作者本意，间或采用作者的日文表达，并酌情加注，以便理解。——编者

而是明确主张作者立场、具有创作诗倾向的诗歌。从这些严酷的体验之中，产生了古代思想的萌芽。对于社会现实的尖锐批判和反省，此等被视为中国文学特质的倾向，在这些诗篇中已经能够见到。

《周颂》三十一篇是周王室的庙歌。根据青铜器上的铭文，在西周中期，前 11 世纪末的昭王、穆王时期，于神都荸京的宫庙曾大兴祭祀。《周颂》之中较为古老的诗歌，应是从那时起就开始传唱的。而"二雅"中的仪礼诗篇，应该也是伴随着这类祭祀而创作出来的。于西周后期的动乱时期为向先祖哀告而作的庙歌，在进入了春秋时期以后就再没有出现过。

进入春秋时期，鲁僖公（前 659—前 627 年在位）、殷王朝的后裔宋襄公（前 650—前 637 年在位）等诸侯立志成就霸业，在取得一时成功之时，即作有鲁、宋的庙歌。这便是《鲁颂》四篇、《商颂》五篇，与《周颂》合称为"三颂"。但是《鲁颂》和《商颂》并不是如《周颂》一般，采用单章的古老形式，而是用与《大雅》相同的一篇数章形式构成，是模仿《大雅》的样式创作的作品。其实属于诗篇的时代，在此以前就已经结束了。

风、雅、颂是依照诗的性质进行的分类。而从修辞手法进行分类，则分为赋、比、兴，合称为"六义"。六义按照"风赋比兴雅颂"的顺序排列，则可理解为风（赋、比、兴）、雅（同上）、颂（同上）的意思。在《古今集》[①]"假名序"中，将此六义

[①] 即《古今和歌集》，日本古代著名敕撰和歌集，撰者纪友则、纪贯之等人。成书一般认为在延喜五年（905 年），共 20 卷，收入和歌千余首，与《万叶集》《新古今和歌集》并称日本三大歌集，对后世影响甚大。其序言分假名序（传纪贯之撰）和真名序（汉文序，一般认为纪淑望撰）。——编者

中的三者翻译为：赋"かぞへ歌"、比"なずらへ歌"、兴"たとへ歌"。赋应理解为直叙；比应理解为比喻；而将兴称之为"たとへ歌"，则含有隐喻的意味。在《诗经》最古老的注释书《毛传》中，也特称兴体为"兴也"，以说明这种隐喻的意味，因之把诗篇的解释引领到解谜之途上来。对于《国风》中诗篇的解释，大多都与本国政治上的问题联系起来，例如《唐风·无衣》本是描述爱人相赠衣物满心欢喜的恋爱诗，却被解释为赞美晋武公的诗歌；《曹风·蜉蝣》本是哀悼死者的悼亡诗，却被解释为讽刺曹昭公奢侈之诗；歌咏水边密会的《陈风·衡门》，被解释成隐者遗世独乐的诗篇。这些想当然的解释，是与兴这种表达方法的本质相违背的，也是无视当时表现方法造成的错误解读。

兴乃是与日本的枕词、序词①有着相似起源的表达方法，都是以古老信仰与民俗为背景的表现。如能明解兴之本质，则很多诗篇即能按其本质索解，也能将歌谣的生命力恢复出来。本书会尝试对古代表达方法中的兴之本质做出解明。

将诗篇以政治与道德批判的表现方式来理解的解释方法，被称为"美刺"。这种美刺的观念规定了长久以来诗经学的方向，甚至被当作古代文学思想的中心。此种方法乃从"二雅"中的社会诗、政治诗等诗篇的解释而导入，因之将《国风》中本无包含美刺之意的诗篇，也皆与其本国的政治国情相结合来进行解释。

---

① 日本和歌术语，均为和歌的修辞手法。枕词为冠于特定用语之前起修饰作用并调整语调的固定词语，多为五音节。序词亦为起修饰作用的词语，但一般两句以上，没有固定性和习惯性。——编者

较之日本的古代歌谣也有在《记》《纪》①的故事里插入的情况，使用方向虽然有异，但究其实质是极为相似的。这种解释学的代表，就是汉初的诗经学。

前汉初年，因长久战乱而散佚的古代典籍得到了整理。从西周后期至春秋时期，贵族社会的仪礼和宴乐时的诗篇，由乐师们传承下来。而这些诗篇在社会秩序崩坏之时，作为纪念曾经的盛世繁华而被经典化，并被儒、墨之徒加以研究；随着汉王朝的统一，遂整理成了文本。鲁申公所传《鲁诗》、齐后仓所传《齐诗》、韩婴所传《韩诗》最先面世。这些被称为《三家诗》的文本曾各有注释，但除了《韩诗外传》六卷以外，如今皆已遗失。据《汉书·艺文志》，这三家皆为春秋杂说，亦即依据春秋时期各国的传说故事说诗的文字。

《三家诗》是以所谓今文——当时的隶书体——写成的文本。而最后出现的毛亨文本，则是以六国时期的古文写成，本文和注释皆更胜一筹；因之在后汉以后，《毛诗》将《三家诗》全面压制，如今只有《毛诗》流传下来。所以《诗经》又被称为《毛诗》，其注被称为《毛传》。后汉大儒郑玄为之作笺，是为《郑笺》；唐代敕撰之书《五经正义》，在《传》《笺》之上复加以《疏》，由此确立了诗经学的传统。

但是《毛诗》也同《三家诗》一样，是以美刺的观念来解读诗篇的，因其是春秋各国的传说故事和诗篇相结合而进行解释的缘故，其说亦多有附会之意。这些诗篇原本是由宫廷的乐师们世

---

① 《古事记》与《日本书纪》的合称。两者皆于奈良时期完成，保存了大量日本早期神话、历史、文学资料，为日本古代历史的重要典籍。——编者

代相传下来的，而附会的解释在乐师的传承过程之中，已经逐渐产生。在记述春秋时代各国历史的《春秋左氏传》里，就多有提及诗篇由乐师进行某种解释，并将其作为蕴含着古代道德教诲的作品。

在宋代，儒学出现了新的倾向，于古典学上也大兴新风，产生了对于传统诗经学的怀疑性批判。在朱子对《诗经》的注解《诗集传》里，虽然还残留着很强的美刺观念，但却将《国风》之中所包含的很多恋爱诗，从传说故事性的解释之中解放了出来。朱子将这些诗称为"淫奔者之诗"，由此引出赞成与否定的两种论点。古时传说，《诗经》乃是孔子从诗三千篇中选取编纂而成的，是为"孔子删诗说"。而圣人是不会将那些淫奔者之诗收入到经典之中的，故而亦有人主张，谨守历来之美刺诗篇观，将这些只能视为淫奔之诗的作品删去。

朱子之注，比之《传》《笺》的旧注而言，被称为新注。随着朱子学的盛行，这本《诗集传》也广泛流传，于今解读诗篇之时，普遍依据的便是朱子之注。清代考证学兴起，提出朱注弱点在于训诂和古语解释等问题，遂对《传》《笺》以训诂学的方法重新评价，但是这并没有对诗经学带来新的发展。对于这些旧说而言，诗篇作为古代歌谣，以其文学性的本质作为课题进行研究，还是一个全新的工作。葛兰言（Marcel Granet）的《古代中国的节庆与歌谣》[①]、松本雅明的《关于诗经诸篇的成立之研究》、闻一多的《古典新义》等著作，各以发生史论或解释学的尝试进行研究，

[①] 中译本，赵丙祥、张宏明译，广西师范大学出版社，2005年。——编者

但还没有取得充分的成果。

按照一般的古典研究方法而言,在诗篇的研究中,也先要对其读解的正确性进行训诂研究。特别是诗篇长久以来经过乐师之手传承,而后才写成文本,再加之多有独特读法和方言,有很多假借字。《陈风》中的《衡门》,被认为是高人避世的贤者退隐之诗,篇中的"乐饥"一词即按字面意思被解释为"乐道忘饥"(《毛传》。朱子注亦同);而"乐"其实是"瘵"的假借字,"饥"则意指男女之间的欲望,"乐饥"是表述幽会之喜的词语。像这样的误解,对于诗篇的解读会造成很多阻碍。

其次,在表达和表现手法上也有问题。在诗篇中经常见到的摘草和刈柴的描写,因对其民俗性含义没有理解的话,则对其所具有的表达与表现之意也无从得知;只能以其隐喻性的兴,加以暗中摸索一般推测性的解释。《周南·卷耳》中的"采采卷耳,不盈顷筐"一句,是为了给旅人振魂而摘草;而《毛传》里则称其为"忧者之兴",解作贤者不用于世,忧然而叹的行为。以兴的表达方式来理解,向来是在诗篇的错误解读中最核心的课题,本书之中将对此问题加以解明。

诗的形成有其社会性与历史性。要将其置于现实条件之中来看待,这个视点极为重要。诗篇的时代历来有很多不甚明了之处,其原因多是由于脱离了当时现实而解释。对于"二南"与《豳风》而言,要依据其历史地理因素进行解读,才能理解各诗篇的特质;此外"二雅"既是贵族社会之诗,对于其之由以形成的社会背景进行调查,也尤为重要。在这些研究中,依据同时期资料的青铜器铭文与其编年知识,可以推定诗篇的时期,正确把握其所歌咏的事实。要破除诗经学停滞不前的状态，必须要有新的视点与新的资料。就这本小书而言，难以将这些问题详加涉及，但还是打算多少做些尝试。古文献的研究，会随着例如考古学的知见，大量出现新的解释；同样，在诗篇的研究中，也应该有可能依据同时期的资料来开拓创新。

　　本书中，就第一点即训诂的问题，未能过多涉及；而在第二点即以兴的表达作为民俗学的课题而把握，以及第三点即依据同时期的资料对诗篇的时期推定与解释方面，拟尝试进行若干运用。特别于诗篇的古代歌谣性质方面，将其与日本的古代歌谣及《万叶集》相对比，旨在使得向来伴随着疏隔解释的《诗经》，起码与我们接近起来。方法问题能够解决，才好期待有更多的人协同合作。我希望，为了让读者将《诗经》与日本的《万叶集》一样深入领会，以恢复那个诗性的世界，而把本书献给不同领域的人，用作自由的研究探讨。

第一章

古代歌谣的世界

古代歌谣的时代

在历史迎来黎明之时,古代歌谣也正处在辉煌灿烂的时代。历史与歌谣是相伴产生的。《梨俱吠陀本集》的圣歌、荷马的史诗、《圣经》的诗篇,都属于古代歌谣。它们共同构成了各民族展开其历史与命运的序章。

印度的《梨俱吠陀本集》成书于前12世纪前后。于此时间稍晚——大概前10世纪左右,中国即开始了《诗经》的时代。虽然绝对年代上相当晚,但日本的《万叶集》也是具有上述古代歌谣特性的歌集。在各民族历史开始的时期,为何古代歌谣的时代会突然到来?这是一大谜题。

《诗经》与《万叶集》都是由民谣发展而成的歌谣。这一点,与由特定擢选的祭司、预言者,或语部稗官编撰而成的古代歌谣是完全不同的。它们都是在广阔的地域产生,形成于民众的生活之中。但是之后,《万叶集》很快进入了创作诗的阶段,而《诗经》则在创作诗的形成过程中,其发展戛然而止。不过《万叶集》之后,也陷入了漫长的国风黑暗时期。古代歌谣在历史的某个时期忽然出现,并完成了歌谣的定式,随之成为民族的经典。如此光辉灿烂的诗歌时代，在历史上绝无仅有。古代歌谣的世界，真正具有历史意义；它的形成与发展，或者也可以理解为反映着重要的社会史实。

民谣的形成以民众的形成为前提。古代的氏族社会是具有极强封闭性质的社会，他们信奉的神祇具有排他性与好斗性。而这种以血缘为主要纽带的社会，会不断寻求内部的血缘结合。人们无法求得向外部的解放，在族长和宗老的强力统治下，只能对外孤立起来。甚至结婚，也只能以特定集团为规定对象。在这种社会结构中，"民众"还谈不上存在。

在此之后古代王朝诞生，大量氏族在王朝的基础上统一起来。但王朝的统治只能及于氏族集团之上，并不能渗透到氏族内部，不能达到氏族的核心。在氏族内部，氏族的原则仍然生生不息。由于参与王朝的祭事、行役和战争，与外部的接触日益频繁，但氏族的原本生活方式还是保留下来。伴随着王朝统治秩序的加强，氏族内部也产生了阶层分化，作为祭祀共同体的统一性相应不断减少；不过，氏族的传统制度还是具有很强的规制力。在这种社会当中诞生的原始歌谣，应与氏族社会内部活动特别是祭祀和仪礼等具有密不可分的关系。民众的感情还没有提高到需要寻求自由表现的程度。

以强有力的豪族联盟为基础建立的古代王朝，很快便强化其集权化倾向，直接统治的范围开始扩大。各豪族以中央权力的背景开始领主化，占有了广大的土地和人民。古代的小型氏族渐次丧失抵抗能力而解体，在领主治下成为直属的民众或公民。长此以往，他们从氏族的封闭性中苏醒，逐步脱离了氏族的核心，而解放在朗朗乾坤之下。但是这种解放，同时也意味着从属于更加强力的政治统治。民众在喜获自由的同时，却又不得不对新时代感到畏惧。在这种一喜一惧之下，古代歌谣的世界就诞生了。

从历史时期而言，中国古代氏族的解体应始于西周后期，而日本则是在《万叶集》的早期时代。《诗经》与《万叶集》这两部古代歌谣集从本质而言具有很多相似性，都基于这种古代氏族社会崩塌的社会史实。两者都从此前被绝对畏惧的神灵咒缚之祭祀共同体中解放出来，进入了历史世界之中。每个人都于此第一次获得了自由。感情得到解放，爱恋与悲伤可以自由抒发。在新的视角下，自然是新鲜的，人们的感情也变得鲜明。这是人类在历史上首次经历的新生时代。人们追求共同的情感，遂将这种喜悦和悲伤形诸歌咏。这种歌咏并不似其他的古代歌谣，只歌咏深刻的冥想、胜利的喜悦，或表现对命运的恐惧。古代歌谣的本质，毋宁须求之于《诗经》和《万叶集》这种民众生活感情的丰沛表现。于此，与神祇同在的人们，从对神祇的隶属之中解放出来，在逐渐鲜明地歌咏中确立了现实感情的精神历史。

歌谣的起源

歌谣的原质，发生于人们还处于神祇咒缚当中的时代。歌谣的产生，一般认为是源于对表现的自由冲动。例如《诗经》序讲到"诗言志"，《古今和歌集》序承之，说"一切有情莫不爱歌"。诗因抒情而发，抒情则出自人类最本源的要求，这种被称为发生论的观点古已有之，但是未见得能够认为是历史的事实。人们的感情若要获得自由,首先要从神祇的束缚之中解放出来——具体来说,就是从封闭氏族制的桎梏中解放出来。而在此之前,歌谣是专属于神祇的,是为了事神而存在的。

"歌"字在字源上可能与"诉"这个字有所关联。从文字起源的意义上来看,歌是对于神祇的呵责,是向神的诉说。"歌"字的基本字因是"可","歌"字在古代写作"訶"。春秋时期的青铜器铭文中,"歌"的意思多用此字。"可"是木"柯"之形与"口"合成的字。"口"字古时写作"ㅂ",这是放置"祝词"的器物之形。其中放置了祝词的字形就是"曰";"曰"在古字里于上部稍有开口。"曰"同"阅",指诵读祝词或宣告神托。向神祈祷时,古代的人们一起奏诵祝词,以期神祇听取他们的祈求,类似今天的压力集团,多少需要有点儿强迫意味的行为。孔子理想中的圣人,也是西周礼乐的创始者周公,便曾在周王朝的建立者——兄长武王——生病时,祈祷以己身替代兄长患病。他奉上了很多珪璧,也诵读了祝词。此后他补充说,若此次祈祷不获接受,就会撤回先前供奉的珪璧。这篇祝词加上金具,纳于金縢。此事在与《诗经》同为儒教圣典的《尚书·金縢》篇里,有详细的记载。

"歌"有以"呵"作声之意。要想惊动肉眼无法看到的鬼神,就需要激情饱满地表现出来。所以,在发声上也要与日常语言有所不同,需要添加特殊的抑扬顿挫,使其富于韵律,具有庄重性。"殴"和"讴"字源相同;"区"是指匚形的秘密场所里面放置了很多祝词之器"ㅂ",具有祈祷之意。"殴"与"呵"相似,都加以"鞭"的字形。其声低沉有力,是充满威严的般若之声。这样的歌就是"讴"。讴歌,在后世是指祝颂之歌,原本则是赞美神祇之德,向神倾诉的用语;再溯其字意,则正如"殿"字一样,表示逼迫神祇之意。

歌谣的"谣"字古字作"䍃"。在论述文字起源的后汉许慎著作《说文解字》三上,说"䍃,徒歌也",指不用伴奏的歌唱。"䍃"是"肉"和"言"组合而成的会意字,意指以肉供奉神明而祈祷,是祈祷时使用的言语。祝词应是用歌谣一样的声调来诵读。

与此相对,神的告谕称之为"繇"。"繇"指占卜得到的告谕。时至今日,社寺的神签还能见到诗体形式的卜辞,古来神祇之语便是美妙的韵文。与《诗》《书》并称为儒家经典的《易》,就是收集这样的古代占繇之辞而成,其中韵文居多。祝词和神托都是神圣的语言,为了提高语言的咒诵能力,使用了当时最高的修辞手法。这便是原始歌谣的形态。在人们与神祇的对话过程中,对于语言之咒诵能力的"言灵"信仰,并不是唯"言灵之幸"的日本独有的现象。

具有咒诵能力的语言在日本被称为"谚(ことわざ)","わざ"指的便是咒诵之力。"谚"字即相当于此;在日本的《常陆风土记》里,系指神祇的语言。有故事说,倭武巡幸新治的时候,新泉之水濡湿其衣袖,那个地方因而被称为:

国俗之谚,筑波岳有黑云,衣袖渍之国。

另据《日本书纪·垂仁纪》二十五年,天照大神降临于:

是神风伊势国,则常世之浪重浪归国也。傍国可怜国也。

这里述及根据神托命名土地，乃是产生于古老信仰的记述。因此"国俗之谚"，便是召唤当地的地灵令其显灵，此时便形成表现神名之语。序词和枕词的起源，就可以从此求得。"谚"就是神托之语，是用来召唤神祇的语言。而"谚"这个字开始具有世俗训诫用语的意思，则是很晚以后的事情。

召唤神祇的语言，在日本从"国俗之谚"开始，很快到"神风伊势"这样以枕词的形式确定下来；而《诗经》则是作为定型的表达方式而样式化。如"南有乔木"是召唤居住在神树上的神祇；"采草""伐薪"是向神祇祈求成就时预祝的表达；而歌咏"见彼南山"之时，则意味着祝颂的寿歌。这就类似在《万叶集》中经常看到"见不足"这样的诗句，乃是作为祝颂礼仪时使用的定型表现。一定的表现之中，固定存在着特定的意义。

这种委诸语言咒诵能力的歌谣，已经作为承担难以动摇的存在意义的事物而被客体化。当语言形成歌谣的形式时，便成为具咒诵能力的独立存在。《大雅·桑柔》篇是由十六章组成的长篇政治诗；在详述当时为政者的败德之后，文末以"虽曰匪予，即作尔歌"作结。即便执政者推诿乱世责任，而拒绝说"匪予"，但歌谣里已经言之凿凿；同时，这样的歌咏已经具有了难以撼动的现实意义。因此可以确信，歌谣绝不仅限于发挥咒诵的能力。原始的歌谣，本来就是咒诵之歌。

表达的样式

歌谣起源于令神祇显灵、向神祇祈求的语言。那时，人们还能自由地与神祇沟通。他们相信语言作为与神祇之间的媒介，具有咒诵的能力。对言灵的信仰就在这样的时代产生了。

在神人同在的时代，与神祇之间的交流，除了语言以外，还可以通过行为上的种种方面来进行。例如，神祇是否能实现人的愿望，可以通过他人无意间的话语占卜出来。通常来说，可以立于门外，将过往人言当作神托，是为"夕占"；规定距离，计算所走步数来占卜，是为"足占"。将献给神的一枝初柴付诸流水，据其起伏状态而占卜的"水占"，与刘柴的行事①之间是存在着关联的。为祈求旅途平安而采集野草、编结草木等行为，其本身就具有预祝之意。以上这些咒诵的行为，都是在与神祇的约定基础上发挥效力，而这种约定也是神祇所认可的。

神祇是无所不在的，有着各种各样的形态。当说到"问语草木"时，人们相信草木之中也有神同在。高大的树木尤为神圣，像鉾杉以及有蔓藤、寄生植物攀附的大树，必有神明居住。山峦苍翠，河流湍急，都是灵异之物的表现。即便仅仅纵目于此，也能看出其中的灵异之力、自然所具神秘之力，震撼着人的灵魂，为生命力带来充实。特别是林间鸟儿鸣唱，季节更替中鸟类奇特的生态，都让人们相信灵异的存在。鸟形灵的观念，不只在日本古代，也是一种通行于世的古代信仰。

很多研究者已经指出，在《万叶集》中见到的这种泛神论世界观，以及以此为基础的各种咒诵性民俗，构成了这些歌谣表达的根基；在古代歌谣的解释中不能无视此一事实，这一点如今已

---

① 行事，指按照社会习俗，定时举行的仪式。日本有每年定期举行的行事，称年中行事。——编者

成了常识公论。《万叶集》中往往沉浸于对自然的畏惧而至于毕恭毕敬的程度；若尝试从近代短歌的立场对《万叶集》进行再度解释，实际上是无法相通的。若无视古代歌谣的这种古代特性，则不可能将此文学置于正确的位置上。

上文说过，《诗经》的诗篇与《万叶集》的绝对年代虽然大有差异，但都是在相同的历史条件时期创作的。据此想来，诗篇的表达和《万叶集》也应该立足于同样的社会根基。诗篇里很多歌咏自然景象以及草摘、采薪等行为，这或许与《万叶集》相同，都具有咒诵歌谣性质的表达。

诗篇之所谓兴的表达方式，与主题的契合之处很难明了，这使得对诗篇的理解变得困难，也多有歪曲之处。以前对于诗篇的解释，常见到传说故事的附会，便是由于这个缘故。后文将会详述：在婚礼的祝颂中，为何要歌咏束薪和鱼？在祭祀和征旅的诗中，为何会经常出现鸟兽的生态？在诱情之诗里为何歌咏投掷果物的行为？在哀伤之诗里为何会提到衣裳？所有这些都不是单纯的比喻，但其歌咏之中所蕴含的深刻意味，已经无法充分知晓了。

诗篇中所运用的兴的表达，与日本的序词与枕词那样固定的方式有所不同，但本质上同是欲与神祇交流的表达和表现。所谓暗示性表达的兴，其本质是歌谣中古代咒诵歌谣机能的余绪。因之，它与当时的民众生活有着直接的联系。人们从令他们强烈隶属于神祇的古代氏族制羁绊解放出来，进入到能自由表达感情的时代；即便如此，那种咒缚在古代歌谣的表达之中，作为规定着思维样式的古代观念，依然有深厚的遗留。不把握这一点，要在当时的存在方式下理解诗篇，便会困难重重。由于摆脱了从前注释学的或者印象性批判的解释,在古代人的生活和心理当中追求其表达情状,导入将《万叶集》的表现方式作为时代样式之一来把握的这种民俗学方法,对于《万叶集》的研究已经迅疾展开。于诗篇的研究中,这种方法亦应极其行之有效。笔者于本书之中,就想从此一立场出发,对诗篇展开新的探讨。其具体的示例,就先以《扬之水》三篇开始。

《扬之水》三篇

在国风中,题为《扬之水》之诗共有三篇。每一篇都以"扬之水"作为起首之句,究竟表达何意,已不得而知。在此三篇里的《王风》与《郑风》之诗,次句都接以"不流束薪"之句,可见其属于定式的表达。其中《王风》之诗,是防人之歌:

> 扬之水[1]　不流束薪[2]
> 彼其之子[3]　不与我戍申[4]
> 怀哉怀哉　曷月予还归哉①

1. 激扬之水。略如"湍急的河里"。　2. 投入水中的薪柴。以献给神祇的薪柴之流动来占卜。　3. 留在家里的人,或指防人的妻子。"其"为所有格形式。　4. 因为防人之故,不能与其作伴。

于此三章叠咏形式的歌谣里,第二章中对于"甫",第三章中对于"戍许"进行了歌颂。第一章里以"薪"与"申",以下

---

① 为与原书保持一致,本书所有《诗经》诗句,均不加标点,断句以空格代替。——编者

只有第二句押韵字换成"甫"与"束楚"、"许"与"束蒲","楚"与"蒲"都指薪柴。申、甫（又称吕）、许都是位于河南西南部的姜姓之国，皆是与周自古就有通婚关系的姻亲国。在春秋初期，南方的楚国势力强大，当这些国家受到威胁时，周即派遣防人前去驻守。这些防人要将妻子留在家中，自己前去服此征役，遂以此歌悲叹离别之情。诗中起首两句即是立意于这种离别情愫之中的。

在《郑风·扬之水》中，第一章写道：

扬之水　不流束楚[1]

终[2]鲜兄弟[3]　维予与女

无信人之言[4]　人实迋女

　　1.柴。捆成束的薪柴付诸流水，用作水占。　2.表示"如今"之意。　3.在诗篇中，有将丈夫称为兄的用法。这与日本的古代习俗相似。　4.他人的中伤之语。

此诗为两章叠咏。歌咏的是孤独的二人对于无依无靠人生的恐惧。这种孤独寂寥的表达，而与《王风》之诗同样歌咏"扬之水　不流束楚"。激扬之水，指的是从岩缝间涌动而出，奔走于山川之间的激流川濑。看到漂流于激流的柴薪，在遇到岩石阻碍欲去不得之时，那种于离别之际，欲走还留的寂寥心绪勃然而兴，许是怕此为不祥的预兆吧。

《唐风·扬之水》则没有出现束薪：

扬之水　白石凿凿[1]

素衣朱襮[2]　从子[3]于沃[4]

即见君子[5]　云何不乐

1. 川底的白石清晰可见。指薪柴漂流而去。　2. 白色的上衣，朱红的襮领。指男人的服装之美。　3. 女子对男子的称呼。　4. 地名。指密会的场所。从，相伴也。　5. 诗之惯用句。与男子的美好相会。

此篇歌咏的是美好相会的邂逅之喜悦。险滩之底，石影清晰可见。没有描写束薪，应是表明没有得到不祥的召示，束薪已随险滩之波流去了。这是代表着相会顺利的占示。身着白衣朱领的男子，身姿在川濑的波光中浮现，而女子的欢悦在激流声中清晰可闻。

这些诗可能表现了以山柴在河里漂流的状态来占卜事情凶吉成败的水占之俗。水占是将物漂流于水中，观其是否被岩石阻碍的占卜，在日本也有这种习俗。歌曰：

与妹离别久　及至饶石川　借此清濑处　占水问归期《万叶集》十七·四〇二八

（妹に逢はず久しくなりぬ饒石河清き瀬ごとに水占はへてな）

此篇说的是为了久未相逢的人，将帆绳投入水中占卜相逢的时日。此外还有向川濑献祭的习俗。有歌曰：

思卿梦里见　来此大河路　祀以渡濑津　盼夜常相念《万叶集》十二·三一二八

（吾妹子を夢に見え来と大和道の渡瀬ごとに手向けぞ吾がする）

因无法相会,转而祈求在梦中相见。这种献祭,是要将供品投入水中,不知是否也含有占卜之意。薪柴在《诗经》中被当作给神祇的赠物被反复歌颂,想来在中国古代也有水占之俗,而《扬之水》三篇就是根据这样的构思创作而成的。

随着山川顺流而下的柴薪,被视为给神祇的赠物,会给人们带来幸运。在《万叶集》卷三中,有三首歌咏了柘枝仙媛故事的歌:

> 白首吉志美　山岳多险隘　割草凭借力　携妹素手执　《万叶集》三·三八五
>
> (霰降り吉志美が岳をさがしみと草取りかなわ妹が手を取る)
>
> 某夕见柘枝　飘然流此处　恰被鱼梁阻　盼君且相拾　《万叶集》三·三八六
>
> (この夕柘枝のさ枝の流れ来ば梁は打たずて取らずかもあらむ)
>
> 古来河梁处　若无前人渡　至今有柘枝　空余在此处　《万叶集》三·三八七
>
> (いにしへに梁打つ人のなかりせばここにもあらまし柘の枝はも)

第一首诗亦见于《古事记·仁德记》与《肥前风土记》的逸文之中,还在《常陆风土记》中以"杵岛曲"为名,作为歌垣之歌出现过。柘枝仙媛的故事详情已不能尽知,大意是讲在吉野有个叫味稻的人,捡到了流寄河中的柘枝,柘枝化为了美女,与他契守白头的故事。第二、第三首都以这个故事为背景。大意为:

黄昏时分，仙女化成的柘枝漂流至此，恰巧卡在了鱼梁①里，是要将它取出来的啊（第二首）。以前要是有人把那个柘枝给捡走了，那么今时今日此处还会有柘枝吗？

在中国也有很多刈柴之诗，亦常用于恋爱诗的表达：

> 遵彼汝坟¹　伐其条枚²
> 未见君子³　惄⁴如调饥⁵　第一章
> 遵彼汝坟　伐其条肄⁶
> 既见君子⁷　不我遐弃⁸　第二章
> 1.汝水之堤。　2.茂盛的枝条。　3.诗之惯用句。叹息无法相会。4.饥饿感。　5.调，朝也。一早起来就勃发的欲望。是表现欲望饥渴难耐之语。　6.枝叶与新长的嫩芽。　7.表示相逢之喜的惯用句。第三句之对句。　8.遗忘丢弃。

此为《周南·汝坟》一诗。在汝水的堤岸上折下小枝付予流水，祈求能与心上人相会。怀着如晨起时饥饿一般饥渴的爱情，折枝祀于汝水，终得偿所愿，在第二章里歌咏了相会时的喜悦。有时也会将这种薪柴摆放在所思之人的门前。

> 绸缪¹束薪　三星²在天
> 今夕何夕　见此良人³
> 子兮子兮　如此良人何　第一章
> 1.将薪柴捆起来。可能是偷放于思念之人的门前。　2.星的名字。

---

① 鱼梁，一种放置于河口处的捕鱼工具，多是竹子制成的竹笱。——译者（本书注释如非特别标注，则为译者所注）

3. 所爱之人。

此为《唐风·绸缪》一诗。葛兰言认为，此诗解释的重心为"主题：薪束，婚礼的忧惧，相会"①，称其为婚礼的忧惧；这是因为此篇的刈柴，像是恋人们为了争夺女子的恋爱竞争行为。葛兰言将摘草、伐薪、狩猎都当作是一种恋爱竞争来考虑；但就诗篇中所见之处而言，薪柴乃是献给神祇的供物。祈祷者因为得到了所想要的结果而喜悦，这喜悦乃以陶醉的诗句"子兮子兮 如此良人何"歌咏出来。

在此所举的数篇诗歌，历来所有的各种解释，例如在吉川幸次郎博士的《诗经国风》(《中国诗人选集》1、2，岩波书店）等书中有所介绍的，虽未一一举例说明，但也认为对于这些传递了古代民俗趣味的诗篇，必须当作古代歌谣来进行正确的理解。而这些诗篇大多数时候，都在各国的政治事件与风俗的好坏之中寻求解释。例如《唐风·扬之水》，被说成指晋国的政治分裂；《绸缪》则被说成由于政治混乱结婚不易，所以新婚之喜要如此歌咏出来。这种政治性的理解，在诗经学的古老传统里由来已久，在《诗经》最为古老的注释书《毛传》与《郑笺》中即可看到，时至今日这些解释还依然流行。

古代歌谣的故事化，在日本的古代歌谣之中颇为常见，《记》《纪》里很多歌谣也因此失去了本身所想表达的意思。前面所述柘枝仙媛第一首，在《古事记·仁德记》中，作为速总别王和女鸟

---

① 葛兰言：《古代中国的节庆与歌谣》，赵丙祥、张宏明译，前引书，106 页。——编者

王^①相伴逃避天皇的追捕,逃往仓椅山时所合:

  天梯仓椅山　险峻无可依　巉岩虽崎岖　我今试手攀　《古事记》七〇

（梯立の倉椅山をさがしみと岩かきかねて我が手取らすも）

  天梯仓椅山　险峻无可依　与妹携手登　险隘不足畏　《古事记》七一

（梯立の倉椅山はさがしけど妹と登ればさがしくもあらず）

人们将此相闻之歌记载了下来。然而这首歌在《万叶集》的古注《仙觉抄》所引《肥前风土记》里,说到杵岛郡有个三山相连的地方,春秋时有男女登山作为歌垣,于时所作的歌谣如:

  飞雪至杵岛　山岳多险峻　今为采芳草　把妹素手执

（あられふる杵島が岳を峻しみと草採りかねて妹が手を執る）

显然是此歌的异传。以此歌来比对"柘枝仙媛"歌,更是揭示了仙媛歌与古代的歌垣习俗之间是存在着联系的。

  《诗经》向来被认为是难以解读分明的。这难解的理由,固然也在于古代歌谣的使用语言问题;而根本原因,则在于如《扬之水》那样的诗歌,想要充分地理解其构思立意是很困难的。采薪

---

① 《古事记》中说,仁德天皇令其弟速总别王做媒,向庶妹女鸟王求婚,结果两人反而结合。天皇听到女鸟王作歌,暗劝速总别王杀掉天皇,遂怒而派兵追杀,终将二人杀死。本书所选两首歌谣,为二人逃至仓椅山时速总别王所作。——编者

之俗，所幸在日本古代也有存在；柴薪用作水占，及其与入山行事以及歌垣的关系，可以通过日本的古代歌谣来追查其踪迹。由此，这样的古歌谣在古代如何渐次以传说故事化的形态传承下来，也可得以明察。

对于《诗经》与《万叶集》成立条件的共通性，已在前文中指出。这种关系在整部诗篇中可以看到很多。为了证明这一观点，我们再举一个两者对比的例子。

摘草之歌

《周南·卷耳》一诗在《国风》之中，以句法之变化、诗文之优美而著称的：

采采卷耳[1]　不盈顷筐[2]
嗟我怀人　寘彼周行[3]

1. 繁缕的一种。　2. 网篮与笼。　3. 通往周都城的大道。

采摘着卷耳菜，想采满整整一筐是不容易的。好不容易摘完后，默然思忖，将菜筐放在了征人将要远行时路过的大道旁。这种采摘野草，一般理解成在家留守的征夫之妻，因其寂寞空虚而做出的行为。但是实际上可能并非如此。我们来看一下同样歌咏采摘野草的《小雅·采绿》一诗：

终朝[1] 采绿[2]　不盈一匊[3]

予发曲局⁴　薄言归沐⁵　第一章

终朝采蓝⁶　不盈一襜⁷

五日为期　六日不詹　第二章

1. 早起开始到早餐时为止。　2. 草名，即青茅草。可作染料使用。　3. 用手掬起一捧。　4. 蓬乱的头发。　5. 洗头发。　6. 蓝，用作染料的草。　7. 装满衣前襟。

所摘之草有绿有蓝。摘草之人应是独守空房的妇人。"五日为期"是指在心里定下誓言要在五日之内摘草成功。这自然是为了预祝之事。然而五日里摘草未完，到了第六日预祝的心愿也还没有实现。因愿望破灭，头发散乱失去光泽。头发散乱是生命力衰竭、心力憔悴的表现，表示思念情郎的心力也随之衰减掉了。与上述相同的描写在《万叶集》歌谣中也可以看到：

思我心良人　恋我伟丈夫　今君多感叹　我发亦湿污　《万叶集》二·一一八

（嘆きつつますらをのこの恋ふれこそ我が髪結ひの漬ちてぬれけれ）

意思是说，情郎若是悲叹，身在远方的女子头发也传达到了哀伤，变得湿漉漉的。二人之间心意共感，彼此相通。预祝未成头发结污，女子立刻洗濯，好赶快唤起崭新的生命力。此处的摘草，是预定之后而进行的，其成否关系到祈祷的成败。《卷耳》中摘草以"采采"这种专注的形式歌咏出来，原因亦在于此。

《万叶集》之中有很多描写摘草的歌谣：

　　　　烟笼春日野　少女亭亭现　春野缓缓采　即后款款炊　《万叶集》十·一八七九

　　（春日野に煙立つ見ゆ娘子らし春野のうはぎ摘みて煮らしも）

这种春野里采摘嫩菜，是一种季节性的行事；然而很多摘草则怀着某种心愿。赤人①有著名的歌道：

　　　　春日野草丰　相采未恐迟　野旷多恋土　今夜宿寝眠　《万叶集》八·一四二四

　　（春の野にすみれ摘みにと来し我れぞ野をなつかしみ一夜寝にける）

　　　　春菜尚待采　明日可为期　昨日有雪处　今朝雪复垒　《万叶集》八·一四二七

　　（明日よりは春菜摘まむと標めし野に昨日も今日も雪は降りつつ）

在指定的场所，去结彩采摘春菜，可能也有预祝的目的。感叹昨日有雪今日也有雪，与"五日为期"一样，都是因为预祝已经定下了日期。日本的东人②也有更加放旷的歌谣遗留下来：

　　　　佐野有佳蔬　其节尚未熟　我独良久待　今年恐不来　《万叶集》十四·三四〇六

　　（上つ毛野佐野の茎立ち折りはやし我れは待たむゑ来とし来ずとも）

---

① 指山部赤人，日本奈良时代的宫廷诗人。
② 即东国之人，其所作歌见《万叶集》卷十四。东国是指古代日本东方诸国的总称，约在今京都与东京之间。

为了采摘到青菜，宁愿等到明年相会的日子。还有：

> 伎波都久冈　茎韭摘满笼　一笼复一笼　思君为我背　《万叶集》十四·三四四四
>
> （伎波都久の岡のくくみら我れ摘めど籠にも満たなふ背なと摘まさね）

摘满了筐笼的野菜，女子心中想的是与男子一起采摘。女子是为了与男子相会的预祝而来摘草的。

摘草是对相逢的预祝，还是一种与相思之人相互感念的行为。

> 君至难波边　妾自采春菜　途有小儿过　如见良人面　《万叶集》八·一四四二
>
> （難波辺に人の行ければ後れ居て春菜摘む子を見るが悲しさ）

所思之人到难波边去服役，留在家中的姑娘为了男子而一刻不停地采摘春菜。这是为了给男子振魂。女子的行为，看得叫人心生爱怜。这首歌谣，表现的是为离别的人振魂而摘草的习俗。"春日野草丰"以下的几首歌，历来都未曾如此解释；较之诗篇，则可以认定这种解释。

《卷耳》与《采绿》之中的摘草，大概也是以预祝为目的的行为。《王风·采葛》一篇中有：

> 彼采葛兮
> 一日不见　如三月兮　第一章

>   彼采萧兮
>   一日不见　如三秋兮　第二章

这种将摘草用于恋爱诗之中的表达，想来是用摘草作为祈祷相逢的预祝，其表达方式很快就定式化了。《召南·草虫》里有：

>   陟彼南山　言采其薇
>   未见君子　我心伤悲
>   亦既见止　亦既觏止　我心则夷　第三章

第二、三章叠咏。此诗与《采葛》同属恋爱诗，同样也是以摘草来表达的。

　　《卷耳》之中，所摘之草放在周行。周行在当时是从周之都城连接东方诸国的东西主干道。来到山东谭国征收赋调的周贵族，在《小雅·大东》里有歌咏到；此诗中也将这条大道称为周道。采集卷耳之后放在周行，便是为大路彼方的人进行的振魂。在古时，相爱者之间是相信会用这种象征性的行为，彼此产生共鸣的。

登高饮酒

　　《卷耳》的第二、三章如下：

>   陟彼崔嵬[1]　我马虺隤[2]
>   我姑酌彼金罍[3]　维以不永怀　第二章

陟彼高冈　我马玄黄[4]

我姑酌彼兕觥[5]　维以不永伤　第三章

1.险峻的石山。　2.患病。　3.青铜的酒壶。多为大型器具。　4.因疲劳而毛色灰颓。　5.有流口的酒器。其盖与形体多饰以鸟兽形状。

有解释认为从第二章以下，是接续第一章的女子独咏，然而登高饮酒应该不是适于女子的行为。应该第一章是女子的歌，第二章以下则是男子的歌，是以互唱的形式构成的。策马奔驰于壮丽的山峰，马在不停喘息，毛色也变得灰颓。克服困难登上山来，是为了眺望留在故乡的人。在遥远的旅途中，自然看不到那人的踪影，遥望故乡只是为了抚慰旅途困顿的灵魂，希望能借此焕发生命的活力。这也是具有振魂意味的行为。

壮哉奈良都　白云浮碧空　凭此长久立　尽日看不足　《万叶集》十五·三六〇二

（あをによし奈良の都にたなびける天の白雲見れど飽かぬかも）

在《万叶集》中这首属"当所诵咏之古歌"。在旅途中于崎岖山岭与海路艰难处进行献咏，其行为除了是要祈祷当地神灵，还有遥望故乡及其天空的振魂意味。而"看不厌"亦是用于祝颂地灵的用语。

吉野川边苔　百见不足厌　永存无绝处　归去当相见　《万叶集》一·三七

（見れど飽かぬ吉野の川の常滑の絶ゆることなくまたかへり見む）

木棉花如雪　山高随水流　河中随泷逝　清芳观不足　《万叶集》六·九〇九

　　（山高み白木綿花におちたぎつ瀧の河内は見れど飽かぬかも）

皆是随侍行幸吉野时柿本人麻吕①与笠金村②献咏的歌。歌咏"看"的歌谣，有着咒诵之歌的意味在其中，在旅途结束的地方，看着彩云明月，远望故乡群山，多歌咏的是望乡的心情。

　　过此明石门　得见大和岛　离天道且长　何以恋来方　《万叶集》三·二五五

　　（天離る鄙の長道ゆ恋ひ来れば明石の門より大和島見ゆ）

　　此为人麻吕歌中的秀歌，是一首文学完成度很高的作品，但作品中还残留着古代咒诵之歌的痕迹。

　　登高饮酒的习俗，在后世成为九月九日重阳节句③的行事。在遥远旅途中的人们，在这日登临附近高耸的小山，头插茱萸，饮下菊酒，远望故乡而振魂。《卷耳》中的登高饮酒，就是其古代时的形态。

　　葛兰言指出，这首《卷耳》之诗，为"主题：山猎，收获，

---

① 后文亦称人麻吕，《万叶集》之重要歌人。生卒年不详，约为持统、文武朝出仕宫廷，为制作仪礼歌的宫廷诗人。长歌后附反歌的形式由他确立，歌风雄浑庄重。——编者
② 万叶歌人。生卒年不详，为元正、圣武朝的宫廷诗人。——编者
③ 节句，一名节供，指日本一年中重要的五大传统节日（合称五节句）：人日（一月七日），上巳（三月三日），端午（五月五日），七夕（七月七日），重阳（九月九日）。——编者

忧惧，饮酒"这样的主题顺序构成的，认为诗意"大概是赛马的叙述。在象征解释中，把追恋人解作求贤"。① 在古代的诗经学解释中，将本诗的"周行"解释为"周的列位"，即是指王朝卿士的地位；认为此诗是王妃为王求辅佐的贤才，所求难得，所以忧惧之意。而葛兰言将诗中的登高解释为恋爱中的竞争行为，认为歌咏的是恋人冶游中的追逐、竞争之俗。其实，此诗无疑是思念远行之人的妇人与怀念妇人的旅人之间所进行的振魂仪礼，亦即所谓招魂续魂的仪礼。摘草放于道旁，登山而遥望故乡的山见行为，都不是单纯的感伤和咏叹，而是旅人与思念旅人之人间进行的振魂古俗。

《卷耳》一诗不采所谓叠咏形式，在章法上富有变化。第一章为四言四句，第二、三章为五言句与六言句交替出现，到了末章：

　　陟彼砠矣　我马瘏矣
　　我仆痡矣　云何吁矣

以沉静的一章而结束。"崔嵬"与"虺隤"、"高冈"和"玄黄"，头音采双声，韵脚用叠韵，在变化之中富有律动协调之美，作为民间歌谣达到了非常高的完成度。这首诗在贵族社会的宴会之中，被作为乐歌而仪礼性演奏，即是所谓入乐之诗。此诗虽为《国风》之属的民谣，却也是极具贵族气质的诗篇。召南之地，在周初是由帮助周王朝完成统一的召公奭所领，所以这个地方一直保留着

---

① 葛兰言:《古代中国的节庆与歌谣》，赵丙祥、张宏明译，前引书，101 页。——编者

古代氏族时代的贵族传统。《周南》《召南》的祭祀歌与祝颂歌中入乐之诗甚多，与其他《国风》的倾向截然不同，原因或在于此。

表现的问题

在诗篇的解释之中，除表达方式的问题之外，其表现的问题亦有古代歌谣独特之处，不得不引起我们的注意。因为其所歌咏的事物与行为，与古代的思维方式之间有着直接关联，其中很多都具有所谓象征性的意味。而这种象征性的意味，又与当时的思维方式和生活习惯紧密相连。像是摘草属于预祝性的行为一样，歌咏玉和衣服，也是意味着这些物品能与佩戴者产生灵性的——有时甚至是超过于此的交流。像在歌咏风雨这样的自然景象时，并非用于对心理状态的比喻，而象征着具体的事实。论及表现与事实，则被表现的事物也成了事实，二者处于不能分离、彼此交融的关系当中。

在《邶风》中有《绿衣》一诗：

绿兮衣兮[1]　绿衣黄里
心之忧矣　曷维其已　第一章
绿兮衣兮　绿衣黄裳[2]
心之忧矣　曷维其亡　第二章
绿兮丝兮　女[3]所治兮
我思古人　俾无訧兮　第三章
絺兮绤[4]兮　凄其以风

我思古人　实获我心　第四章
1. "绿色的，衣服啊"这样的表现手法。三、四章形式亦同。　2. 绿色的上衣，黄色的下裳。　3. 是指次句中的古人。这里的绿衣是由此人所作的遗物。　4. 用葛做的布料。用此作以夏天的麻衣。

在旧说中，此诗是讽刺觊觎夫人地位的贱妾之诗。春秋初年，卫庄公因喜爱妾室，而抛弃了自己的正夫人，时人作此诗以为谴责。绿是间色，黄是正色，用正色的黄色来做里衣和下裳，间色的绿色来做上衣，是价值的颠倒，也表示正妃与妾之间地位的颠倒。当寒冷的秋风乍起，就将夏天用麻所做的绤綌扔掉了；失去宠爱的正夫人就像这夏衣一样。以前的世守其道，繁花似锦，却又不知从何得以说起了。

此旧说的解释，主要是从"绿衣黄里""绿衣黄裳"这两句中推导出来的。用颜色的正色与间色来标明妃妾的地位，这是否就表明有贱妾僭上的意思呢？在儒家的经书之一《周易》坤卦中有"黄裳，元吉也"之语，是说黄裳为庆贺祝福之物。同是经书之一的《仪礼》中关于婚仪的《士昏礼》，以及《礼记》中规定礼服的《玉藻》里，都有提到"黄裳"一词，皆认定其为正服之裳所用色。从"黄裳"一词在文献之中的用例来看，并不存在贱妾僭上这类的解释余地。

《绿衣》这首诗是首悼亡诗，类似日本的哀伤歌或挽歌。绿色的御衣，黄色的下裳，都是已故妻子的遗物。见到遗留在家中的遗物，睹物思人。这衣服是妻子亲手缝制、精心而作，但如今却已物是人非。而今秋风吹拂，却不忍收起妻子遗留的衣物。这是一首思念亡人的哀切之歌。

衣服是包裹着人灵魂的物品，其人的灵魂亦在于此。所以哪怕只是暂时的别离，都可以通过衣物来思念其人。

  以我衣为赠　见君奉于前　裹衣于枕放　夜夜寝安眠 《万叶集》四·六三六
  （我が衣形見に奉る敷栲の枕を放けずまきてさ寝ませ）

  妹赠予我裳　着身心欢畅　直至相逢时　终日不除脱 《万叶集》四·七四七
  （我妹子が形見の衣下に着て直に逢ふまでは我れ脱かめやも）

男女相别之时，赠送衣物以表达爱意。第一首是汤原王①的歌谣。寄托思念的衣物，是男女互相赠与对方的。在《唐风·无衣》一诗中，也有以衣物寄托爱情的描写：

  岂曰无衣七兮
  不如子之衣　安且吉兮　第一章
  岂曰无衣六兮
  不如子之衣　安且燠兮　第二章

这首诗的旧说讲，晋之武公是民望很高的君主，而不受周王室赐予其的七命、六命之诸侯命服。民众为此惋惜感叹，而作此

---

① 万叶歌人，生卒年不详，日本奈良时代的皇族，当为志贵皇子之子，生当元正到光仁之间，为万叶第三期到第四期代表歌人。歌风温雅。——编者。

诗。七命、六命是诸侯礼服，但此诗中"衣七""衣六"的表现，并不符合这种解释。"虽然还有别的衣服，但还是你给的好。"一看就知道是喜欢所赠衣物的诗。衣物是用来表示爱情的。

  筑波岭上桑　新发茧作衣　妾心只所欲　为君制所衣　《万叶集》十四・三三五〇

  （筑波嶺の新桑繭の衣はあれど君が御衣しあやに着欲しも）

《无衣》与这首歌有着相同的表现手法。《郑风・缁衣》中，对赠送衣物也有同样的歌咏：

  缁衣[1]之宜兮　敝予又改为兮
  适子之馆兮　还予授子之粲[2]兮　第一章

  1. 黑衣。　2. 与餐同义。指食事，为代指满足对方欲望的隐语。在日本也有这样的表现手法。

这首诗旧说是，仰慕郑武公德性的民众，送给他合身的黑衣，在休息的时候还奉上饮食，用以表达赞颂之意。松本雅明认为，上一首《无衣》是对贵公子的赞颂之诗，本诗则是对君子领主的赞颂之诗。但是衣服和饮食，在民谣之中乃是有关男女之情的表现。特别是很多描写饮食的诗歌，其实是极大胆的诱引之诗。例如这首《郑风・狡童》：

  彼狡童[1]兮　不与我言兮[2]
  维子之故　使我不能餐[3]兮　第一章

彼狡童兮　不与我食兮

维子之故　使我不能息兮　第二章

1.爱打扮的男子。类似今天之所谓花花公子。　2.言，枕边私语也。从不和我亲近。　3.与前诗的"粲"相同，指食事。是表示欲望满足的隐语。

这个女子喜欢的男子有很多相好，无论如何都不来女人的身边。

在《陈风》之中多歌垣之歌，自然有很多这种表现的诗歌。如历来被认为是隐士避世之诗的《衡门》，其实是描写幽会的诗歌：

衡门[1]之下　可以栖迟[2]

泌[3]之洋洋　可以乐饥[4]　第一章

岂其食鱼[5]　必河之鲂[6]

岂其娶妻　必齐之姜[7]　第二章

岂其食鱼　必河之鲤

岂其娶妻　必宋之子[8]　第三章

1.冠木门。指粗陋的家屋。　2.悠闲地玩耍。　3.涌出的泉水。　4.本字从疒，同"疗"。饥是指欲望。　5.诗中用为女人之意的隐语。　6.鱼名。　7.齐为姜姓。意指名门之女。　8.宋为子姓。亦指名门之女。

·

朱子说："此隐居自乐而无求与之词。"（《诗集传》）柴门废屋，是涓涓泉畔的幽会之地；"栖迟"一词因这首诗被说成表现隐居自乐的高尚生活，而在此实为约会的意思。饥代表着欲望，这诗必定讲的是要寻求更大的满足。

在二、三章中所出现的，鲂也好鲤也好，并不单限于姜姓齐之姬君、子姓宋之姬君，而只是不选择对象的意思。鱼代指好的女子，新婚之歌必然有鱼的名字出现。鱼与女子之间有着何种关系，从《邶风·谷风》等描写离婚的诗歌中也可看出，其中有"毋逝我梁　毋发我笱"这样的诀别之语。在日本，也有将男女之间形容成山川中笱里的鱼的歌谣：

　　山间川流中　付筌守鱼空　相待八年久　悄然我自丰　《万叶集》十一·二八三二

　　（山川に筌を伏せて守りもあへず年の八年を我がぬすまひし）

在这首歌中也可以看出相同的联想方式。

　　这里对衣服、饮食、鱼三者进行了叙述。其表现方式的意味，只从言语的表面是不能够理解的。由于不能理解，遂使得历来对诗篇的解释，变得极不自然，有时甚至滑稽可笑。理解这些古代表现手法的关键，以现在尝试过的情况可知，或许可以大量求之于日本的古代歌谣之中。诗篇与《万叶集》表达基础的相似性，使得这样的探求方法成为可能。

第二章

山川歌谣

说"南"

在从前神祇统治大地的时代，人们的生活首先是由对神祇的祭祀开始的。祭祀的场所多选在山川秀丽之地抑或丛林等被视为神灵居住的圣地之中。每当有季节性的祭礼举行或者于此共同地域的圣地进行祭祀之时，周边诸氏族也会前来参加。通常有着很强封闭性的氏族生活，在此时得到了解放，人们一起尽情欢歌，享受自由的欢乐。祭礼是为数甚少被允许感情解放的欢愉机会。

《周南》之中的诗，是周公所支配的领土之内的诗，旧说其地在陕西岐山附近。这块地方是周王朝的发祥之地，后来赐予了周公。但是从《周南》中有以汉水为舞台的《汉广》、有在汝水畔刈柴的《汝坟》等诗来看，旧说不无可疑之处。汉水在湖北北部，由西北流向东南，在武汉与长江合流；汝水则是淮水上游的一条支流。周公被认为是周王朝创业的伟人，而据金文令彝（名为令的人所作的青铜酒器），其子孙世袭名为明保的圣职者之尊号，处于祭祀官中的最高地位，是以今洛阳（当时名为成周）为根据地，所领周边地域的名族。与周公同属创业功臣的召公，也是从殷代开始就已经居于河南西南部的古老家族。在旧说中，召公之地也在岐山附近,但是《召南》之诗却多歌咏江水。周、召二公之家从周初以来就位于河南,周东迁以洛阳为都时,成为辅佐王家的卿士,共参朝政。二公所领从古时就在这一地域,殆无疑问。《周南·关雎》一篇中有"窈窕"一词,根据传为前汉末学者扬雄所编纂的方言辞书《方言》所载,即是该地域的用语。在《方言》之中,亦曾另将陈、楚等河南南部之地合并,把这一区域作为同一个方言区域。但"二南"之诗因何区别于其他的《国风》之诗,特称为"南"呢?按旧说,是因周的德化是从岐山开始向南方江淮地方传播之故;而因此将其诗称为"南",不过是附会而已。

《周南·汉广》一篇,其诗意历来都不甚明了:

南[1]有乔木[2]　不可休思

汉有游女[3]　不可求思

汉[4]之广矣　不可泳思

江之水矣　不可方思　第一章

1.祭祀与祭礼之歌中,多有"南有××"出现。　2.高大之木。与《万叶集》之中"神之鋒杉"相似,乔木里有神居住。　3.曾解作"浮女",应指汉水女神。指自在游行的女神之意。　4.汉水。由湖北北部斜向东南流去,与江(扬子江)合流。

游女在后世被称为"浮女"。因此,这首诗被称为是歌咏游女,说是意指周之德化波及此地,从前的游女如今若不整备礼节,也不易召集了。此诗被解释为称赞周之德化的诗歌。

诗的二、三章则被认为是表现结婚时的歌谣:

翘翘¹错薪² 言刈其楚³

之子于归 言秣其马

汉之广矣 不可泳思

江之水矣 不可方思　第二章

翘翘错薪　言刈其蒌⁴

之子于归　言秣其驹

汉之广矣　不可泳思

江之水矣　不可方思　第三章

1.树枝伸展貌。　2.杂木繁茂夹杂的小枝。　3.割掉小枝伸出的部分。　4.生长而出的细枝。

被认为难以追求的女子，抛弃了思慕她的人而嫁给了别人。男子叹息着追求无路，只能砍下繁杂的柴枝，备下出嫁时所需要的马料送给她。如这江汉的流水难以逾越，我的期望也随之逝去。"汉之广矣"以下的叠句，是表示遗憾的深切咏叹。

以此种解释来理解诗篇，是历来注释家的说法。而在所谓《三家诗》的古老诗经学著作里，其《韩诗说》中将这里的游女解释成为汉水的女神。说这是从前有个叫郑交甫的人，在汉水旁与两位女神邂逅的物语①，采用的是仙媛传说的形式。貌似说汉水女神时常出行，这在古代的物语故事里就常有提及。曹魏时的优秀诗人曹植的《洛神赋》，就是以伤神的作者与洛水女神在恍惚之间相会而构成的作品。人在失意之时，时常将哀怨之情，歌之

---

① 物语，日语用词。原指叙述、故事，特指日本平安到镰仓时期出现的散文虚构文学。作者以这一文学史概念比附中国古代的传说故事及其产生的文学形式。——编者

于梦想中的幻美世界,这便是郑交甫物语故事里邂逅女神这个古代传说故事的背景。目加田诚在讨论这首诗的时候,也提到汉水女神的传说:"这个有名的传说,与《汉广》之诗,不知何时就联结在了一起。……但以此解释这首诗还嫌不足。此诗毋宁说是一首樵歌——伐木时所唱的劳动歌。"(岩波新书《诗经》,23页)视为樵歌是一种新的解释,不过《韩诗说》的传统毕竟是难以放弃的。

首先我们考虑起首二句。"南有乔木 不可休思"这种表达的意思,是解释这首诗的关键之一。诗里常有"南有××"这种形式的表达,如《周南·樛木》中有"南有樛木",《小雅·南有嘉鱼》中也以"南有嘉鱼"为首句。《南有嘉鱼》是祭祀后的飨宴之歌,其第三章也有"南有樛木"的句子。《周南·樛木》中有"南有樛木 葛藟累之",之后接"乐只君子 福履(幸福)绥之",是为君子领主祝颂的寿诞歌。乔木与被葛藤缠绕的树木,在日本也被当成神灵居住的树木,特为视作神圣。

　　香具山桦杉　树下满苔生　此树长久立　神灵于此居　《万叶集》三·二五九

　　(いつの間も神さびけるか香具山の桦杉の本に苔生すまでに)

　　秀美此山中　取以高木枝　相环饰于顶　为祈千年寿　《万叶集》十八·四一三六

　　(あしひきの山の木末のほよ取りてかざしつらくは千年寿くとぞ)

乔木应是指神之鉾杉。不准人在下面休息,因这是神灵居住的树木，就连用手去碰触，不用说也是禁忌。在《万叶集》中，对于实现隐秘想法的愿望，常用触摸神木的形式来表现。歌曰：

神木以手触　此理自有之　为人妻子后　何以摸不得　《万叶集》四·五一七

（神木にも手は触るといふをうつたへに人妻といへば触れぬものかも）

味酒于三轮　以手触神杉　此罪尚难解　不得逢君面　《万叶集》四·七一二

（味酒を三輪の祝がいはふ杉手触れし罪か君に逢ひかたき）

在《汉广》之诗中，"南"字即用来作为具有一种神圣感的用语。从"南"字在祭祀和祝颂之诗中的表达可以看出，这里的周、召二南之地与古代被称为南人的民族，即后来的苗、黎等族相互接壤之地有关。"南"字是苗人用以为鼓的形状，这乃是他们的神圣祭器。将"南"作为一种乐器来看，从在歌咏淮水边仪礼的《小雅·鼓钟》一诗里，以多种乐器来合奏的"以雅以南"中，也可得到明证。苗人至今还将此种器具称为南任。《尚书·吕刑》篇中提到，这个民族信奉的神，被称为曾为黄帝所擒犬首神槃瓠的子孙。苗人曾因中原诸族所迫远退南方，如今蛰居山间僻地与海南岛一带，而当时则是居住在迫近长江以北、河南的地方。对南人，总会产生一种类似神秘感的感情。在《论语·子路》篇中，孔子讲"南人有言曰：人而无恒，不可以作巫医（没有恒心的人向神祈祷，也不会消除病症）"，并感叹说"善夫"。歌咏"南有椐木""南有嘉鱼",这里的"南"字作为伴有神圣感的词语,有一种暗示难以接近事物的力量。这与"斋祝之杉"大抵属于相同的表现。若解为"椐木乃是乔木,因此没有可供休息的阴凉",则是与诗歌想要表现的东西相去甚远的解释了。

追寻游女

在《汉广》一诗中,"汉有游女　不可求思"与"南有乔木　不可休思"二句有着相同的形式;"不可求思"指与神树不可碰触一样,游女无法被人求到。据朱子注,则江汉之地有女子喜好出游之俗,此后尚有《大堤之曲》(六朝、唐代的歌谣曲名)等歌咏此俗。而周之德化波及此地,游女亦皆有端庄之风,不复淫猥者云云。这便将游女做出类似江口之君的解释。

游,动也。"游"通"斿"字,是以持旗人的样子为要素的字。在古代,离开本地外出旅行之时,人们都会挥举自己氏族的旗帜而行;这与军事行动中的行为一样,都被称为"游击"。《汉广》诗中的游女经常游动,所以被说成是不可接近的女神。在祭祀水神之时,祭神乃是乘舟驾临祭祀场所。祭仪的形式,是思慕女神,追寻她们所乘之舟。汉水上游是秦之地,秦亦有水神祭祀的习俗。《秦风·蒹葭》即是其诗:

蒹葭[1]苍苍　白露为霜
所谓伊人　在水一方
溯洄[2]从之　道阻且长

溯游³从之　宛⁴在水中央　第一章
　　1.芦苇,水边的草木。意指其繁茂的晚秋时分。　2.沿河水上溯而行。　3.沿江水顺流而下。　4.宛若。犹言"快得来不及看"。

这首诗的诗意历来不甚明了,在目加田的译注当中,也只是称其为"思念在水彼岸之人的美妙诗歌"之类。葛兰言认为应是近似"主题:在河岸和河中寻找恋人"①之类的解释。朱子认为,此为求访在水边隐居之贤人的诗。其实,这首诗里没有恋爱的感情,也没有思慕贤哲的表现。它本来是祭祀水神之诗。

此诗采用了三章叠咏的形式。三章均歌咏的是追踪不及的感叹。在这里,游女被称为"所谓伊人",是一种非常婉转的称呼方式。时值晚秋,白露凝结成霜之时,正是农事完结,人们含着感谢之意进行祭礼的季节。游女从水的一方出现,人们从岸上和水中,尝试追寻她的踪迹。这追寻正是思慕的表现。但是本以为追寻到了,她的身姿却消失于远方河水的中央。就在如此的思慕与追寻之中,祭礼进行下去。

女神难以寻见,盖因神人殊途;在祭祀之中的女神,是为了嫁给男神才会出游的。人们的愿望不得实现,只好徒然追踪其后,咏之叹之。这便是此一祭仪原本的形式。以水神结婚为主题的祭仪,在战国末年楚歌谣《楚辞·九歌》中,歌为《湘君》《湘夫人》之诗。旧说,从前舜南巡没于苍梧之野,他的二妃娥皇、女英为追随舜而至洞庭湖之滨,溺死于湘水之中,成为湘水之神。此二诗被认为是祭祀二妃之歌,但显然歌咏的是二神神婚的祭仪。

---

① 葛兰言:《古代中国的节庆与歌谣》,赵丙祥、张宏明译,前引书,94页。——编者

首先是男神歌咏：

……沛吾乘兮桂舟
令沅湘兮无波　使江水兮安流
望夫君兮未来　吹参差兮谁思
驾飞龙兮北征　邅吾道兮洞庭
薜荔柏兮蕙绸　荪桡兮兰旌
望涔阳兮极浦　横大江兮扬灵
……
捐余玦兮江中　遗余佩兮醴浦
……
时不可兮再得　聊逍遥兮容与

接着是女神歌咏对男神的爱慕相求之意：

帝子降兮北渚　目眇眇兮愁予
袅袅兮秋风　洞庭波兮木叶下
登白薠兮骋望　与佳期兮夕张
……
荒忽兮远望　观流水兮潺湲
……
闻佳人兮召予　将腾驾兮偕逝
筑室兮水中　葺之兮荷盖
荪壁兮紫坛　播芳椒兮成堂

......

九嶷缤兮并迎　灵之来兮如云
捐余袂兮江中　遗余褋兮澧浦

......

时不可兮骤得　聊逍遥兮容与

　　神婚的场所是在水中。袅袅的秋风吹拂，吹起了洞庭之波，祭礼便这样举行。神祇乘舟而来，闪烁着灵光逐渐靠近，相互追求。有时或在夜里，在茫茫夜色之中举行水上祭礼。小舟摇摇，载着神灵的身姿，但人们却无法靠近。《蒹葭》之中，也有祭祀者追寻神祇这样的形式。可是水神最终去追求她的男神，"汉有游女　不可求思"就是对远去女神身姿的歌咏。

　　《汉广》之诗若这样去理解的话，各章末尾叠咏的意思也就变得可以理解了。"汉之广矣　不可泳思　江之永矣　不可方思"，当人们咏叹之时，女神的身姿顺着水流远逝。人们出于对女神的思慕，才发出了这样的叠咏。

　　《汉广》是具有神婚性质的祭礼之歌。由此而言，第二章以下都采用结婚之歌的形式。翘翘错薪，是将其秀枝伐下为柴，作为赠予神祇之物。载着这样束薪的女神，是因为神婚才出现的；人们为其出发送行，为马匹准备秣草，是对神婚的祝福。神与人之间实难相近，人们只能怀着叹息，在此咨嗟咏叹中与女神告别。

白驹之客

《蒹葭》诗中出现的"所谓伊人"之句,意思不甚明了,在《小雅·白驹》中也有出现。

> 皎皎[1]白驹　食我场藿[2]
> 絷之维之　以永今夕
> 所谓伊人　于焉嘉客[3]　第二章
> 皎皎白驹　在彼空谷[4]
> 生刍一束[5]　其人如玉
> 毋金玉尔音　而有遐心[6]　第四章

1. 色白之意。此称其马白。　2. 豆谷。　3. 指客神。　4. 没有人烟的山谷。　5. 一束新伐下的薪柴。献给客神之物。　6. 疏远、见弃之心。

骑着白马的客神悄悄降临在祭场。白马在无意间吃了祭场的草料,被抓住绑缚起来,这一夜便留在此处。乘白马而来的客神,作为嘉宾降临在这里(第二章)。祭场在一处无人的空谷中。于此捧一束生刍献与客神,他如美玉一般站着,在心中起誓不要有他心(第四章)。

这首诗中的嘉客,指的就是客神。乘着白驹的神,大概是指殷的子孙。在周王朝的祭祀中,异族的神祇以及前王朝的子孙,都被奉为祖神之灵,一同参与祭祀。《周颂·有客》一诗即记述了这种迎接客神的祭仪:

> 有客有客　亦白其马

有萋[1]有且　敦琢[2]其旅

有客宿宿[3]　有客信信[4]

言授之絷[5]　以絷其马

薄言追之　左右绥之

既有淫威[6]　降福孔夷

1.指清洁供物。　2.十分殷勤。　3.谨慎有礼的样子。　4.有真心。
5.马的缰绳。　6.宏大的神之威灵。

此处的客神也是骑着白马来临。祭祀之人恭谨地将各式各样的供物送上。客神的姿态宿宿而又信信，满怀着真心。此时将马用缰绳缚住，之后又去追逐安抚，让它好好替我们王朝服务。客神展示这样的灵威，是对王室繁荣昌盛的祝福。

白马是殷的象征，殷尚白色，白驹是殷祖神所乘之物。这里对于白马在束缚之后又加以安抚的歌咏，也许是对降服殷之故事仪礼化的改编。这首庙歌便是配合此一仪节来演奏。

由这两首诗考虑，可知"所谓伊人"是指神的意思，亦可说是扮为神的人。异族的神与自然神——水神一样，也可以用此称呼。祭礼中的神祇祭祀形式，如此而加入王朝仪礼之中，随后成为王朝仪礼所用的舞乐。

山川祭礼在氏族社会广为盛行时，圣地祭礼应是诸氏族共同举办的开放型、季节性祭礼。这种祭礼拥有古老的传统，祭仪的背景均为神祇的传说物语。《汉广》《蒹葭》也与《湘君》《湘夫人》一样，都有着祭祀水神起源的传说物语。祭仪就以神话再现的形式而举行。

这种祭仪的形式，之后加入到王朝的祭祀之中。由于在祖祭祭仪中加入的异族诸神，分别得享该氏族固有的祭仪，也由于前王朝子孙的降服仪礼作为祭仪实际再现出来，遂发誓服事王朝的统治。

山川祭礼就这样作为公共性的祭仪，在宗庙的祭祀当中得以仪礼化。然而另一方面，氏族社会衰退之后，这种祭礼在民众间被继承下来，祭礼的特征不断削弱，逐渐发展成为季节性的民俗行事。在此之中，歌垣的习俗得以确立。同时，山川祭礼在宫廷仪礼化的过程中，作为舞乐逐渐出现艺能化的倾向。自古流传下来的山川祭礼，或许就是这样逐渐分化开来；这种分化，应该与氏族社会生活的演变推移有着密切联系。

鹭羽之舞

《周颂·有客》与《小雅·白驹》皆为歌咏参拜客神的诗歌。《周颂·振鹭》一篇，也歌咏了殷子孙侍奉周庙的祭祀：

> 振鹭于飞[1]　于彼西雍[2]
> 我客[3]戾止　亦有斯容
> 在彼无恶　在此无斁[4]
> 庶几夙夜[5]　以永终誉[6]

1. 群飞之鹭。　2. 祭祀祖灵的圣处，在辟雍的西部。　3. 客神。指殷的祖先神。　4. 使神满足。　5. 起早贪晚。指祭祀彻夜举行。　6. 子孙永续之喜。

挥动羽翼的白鹭翩翩起舞。此舞其实是头戴鹭羽的客神献上的白鹭之舞。这是在周的神都辟雍举行的祖神大祭。西雍是客神聚集之所，于此作为客神参拜的殷人子孙，奏起了白鹭之舞。跨越了世间的兴亡，不再怀有任何怨恨，如此神祇达成和解，昼夜侍奉祭祀，以祈求得到永恒的祝福。这种献奉的白鹭之舞，与日本古代大和朝廷仪礼中的久米舞①、隼人舞②相同，都是表示对王朝宣誓服从的仪礼。此舞又称万舞，应是自古以来殷人相传的舞蹈。由殷之子孙所建立的宋国的庙歌，成立在春秋年间，被称为《商颂》五篇，现在都收录在《诗经》之中；其中的第一篇《那》，就是祭祀殷祖神的歌。其时需要击鼓鸣磬（三角形的石制打击乐器）、奏管（笛）以祀，还有曾服事于殷的异族神作为客神加入。诗中歌曰"庸鼓有斁　万舞有奕"，庸鼓是指钟鼓，斁是指乐声的余韵。合乐而舞，应该就是自古以来于殷朝文化圈中传承的舞乐。

殷灭亡以后，万舞成为周朝祭祀时献奉的仪礼，而又成为宫廷舞乐，用于娱乐。《邶风·简兮》即歌咏祝颂时所舞的万舞：

简¹兮简兮　方将万舞

---

① 久米部为日本四国、中国一带军事性氏族，其祖先天津久米命曾跟随神武天皇征讨。其间天皇多有作歌（《古事记》9—14），称久米歌。久米舞源于此，为日本宫廷仪礼。——编者
② 按日本神话，天照大神派天孙统治"苇原中国"，天孙生子火照命（渔民）和火远理命（猎人）。火远理命得到以水淹收伏哥哥的宝物，遂迫其说："'我从今以后，昼夜当作你的卫兵，给你服务吧.'所以直至今日，演当时陷溺中状态，以为职业。"《古事记》，周作人译，前引书，55页）火照命为隼人之祖，隼人是九州部族，历来为宫廷护卫。隼人舞源于此，大致是模仿火照命苦于水淹的姿态。后为日本宫廷仪礼。——编者

日之方中　在前上²处　第一章
硕人俣俣³　公庭万舞
有力如虎　执辔⁴如组　第二章
左手执龠⁵　右手秉翟⁶
赫⁷如渥赭⁸　公言锡爵　第三章
山有榛　隰有苓
云谁之思　西方美人
彼美人兮　西方之人兮　第四章

1. 勇敢貌。　2. 前排的开头。　3. 拥有伟岸身姿的美男子。　4. 由线绳编成的缰绳。指武之舞。　5. 小笛子。　6. 山鸡羽毛。持笛与鸟羽之舞，指文之舞。　7. 赤色。　8. 赤土。用以染色、装饰。

万舞应该是一种气势宏大的舞蹈。无论是羽舞还是干舞①，都展现了勇武雄壮的姿态。"简兮"一语就有此意。且向四面舞而行进，是为祝言之舞。奉献舞蹈的殷人，都是伟丈夫一般的男子。歌咏到执辔的歌谣如《有客》与《白驹》，都意指为乘马的仪礼性作品。而后执龠，头戴山鸡羽毛翩翩起舞，由主人恩赏赐下美酒。

叙述完万舞的演奏，在末章又添加了一章祝颂之歌，应该是舞者为行祝颂而献唱的。"山有榛　隰有苓"之语，是表达寄语草木的祝寿之歌。这与《古事记·雄略记》出现的祝寿歌：

于新尝屋中　真椿繁茂盛　其叶宽且广　其花相映红　花叶照何人　日之御子殿　《古事记》一〇一

---

① 羽舞：持羽之舞。干舞：持干之舞。

(……新嘗屋に　生ひ立てる　葉広　斎つ真椿　そが葉の広り坐し　その花の照り坐す　高光る　日の御子……)

有着同样的性质。

接下来歌咏的是对西方之人的思慕，西方之人在此应指周人。因为此地的统治者，是由西方而来的周贵族。被称为硕人的伟丈夫，为统治者们献上舞乐、演奏祝颂之歌。亡国余民的悲哀，在诗的表现深处跃然而出。

被称为振万的舞，是由这种宫廷舞乐演变而来，变成更有娱乐性的游艺。在记载春秋列国之事的《左传·庄公二十八年》条中有载，楚国的令尹（宰相）子元欲诱惑楚王的遗孀文氏而在宫侧建馆，于夫人能见到的地方舞振万之舞。文夫人甚为贤明，不受诱惑，说："先君以是舞也，习戎备也。"责怪子元不顾国家战败，不虑复仇，一心要诱惑孀妇。子元是先君文王的弟弟。他深以为耻，随即率领六百乘士兵，向侮辱了先君的郑国发动报复战。振万应该是足以迷惑妇人的勇壮男舞。殷朝宗庙所奏的万舞如此逐渐游艺化，也是古代舞乐的一种命运吧。而歌垣的歌舞，本身也是从神圣的山川祭礼之中发展而来的。

歌垣之歌

"舞"字的古字形，在甲骨卜文中写为"上雨下無"。"無"为"舞"字的初文，是衣袖上戴着咒诵之物起舞的象形字，后来又加上表示舞蹈时动作的双足之形——"舛"，就成为"舞"字。

从"舞"字被冠以雨字头可知,"舞"本是乞雨的祭祀。据卜辞,乞雨要在山河等圣地举行,这个地方就被称为舞雩。在起舞时,还要以"吁嗟"之语作为伴唱。

舞雩在《论语·先进》篇中被提及,文载孔子让弟子们各言己志,曾子的父亲曾点在被问到时,停下手中弹奏的琴,答道:"暮春者,春服既成。冠者五六人,童子六七人,浴于沂(川名),风乎舞雩,咏而归。"孔子赞赏其高世之志,说:"吾与点也。"

在沂水之中沐浴,是用为祓禊。在三月三日上巳之日,于鲁之沂水中举行祓禊,可能原本是为了乞雨而进行的舞雩。前汉思想家董仲舒的《春秋繁露·求雨》篇中对春雩仪礼所记为:祝服苍衣,小童八人着青衣而舞。其舞应是八人一组。记载汉朝制度的《汉官仪》中规定,以七十二名舞者为舞。沂水的舞雩,在以后应是以歌垣的行事流传了下来。

河南之郑,在殷迁都安阳以前,一度作为都城。在那里,溱、洧二水合流经过,在上巳之日有歌垣举行。在《郑风》中有《溱洧》之歌:

  溱与洧　方涣涣[1]兮
  士与女　方秉蕳[2]兮
  女曰观乎[3]　士曰既且
  且往观乎
  洧之外　洵訏且乐
  维士与女　伊其相谑

赠之以勺药⁴　第一章

1.春日流水盛大貌。　2.兰的一种，生于水边。　3.劝诱去看歌垣。以下采问答形式。　4.香草的一种，非芍药。与兰一起，用于去厄清洁。

此诗为二章叠咏。在春水汤汤的上巳之日，男男女女簪花戴草聚集在一起。女子邀请参加过行事的男子再次出来，在人群之中歌舞游玩。这种具有解放感的欢乐庆典，原本是招魂续魄的通灵仪礼，在季节更改之时，是为了焕发出新的生命力而举行的。与

如玉清河原　洗涤身孽污　禊身除旧秽　被命施与妹　《万叶集》十一·二四〇三

（玉くせの清き川原にみそぎして斎ふ命は妹がためこそ）

是同样的被禊行事。

在《溱洧》之前，还录有一篇《野有蔓草》，也是歌垣之歌。因是描写了露重的时节，应该是秋天的歌垣：

野有蔓草　零露漙¹兮
有美一人　清扬²婉兮
邂逅³相遇　适我愿兮

1.露珠如玉貌。　2.美丽的眉毛。　3.不期而遇。

二章叠咏。歌咏拨开挂着深露的蔓草，看到美目女子的邂逅之喜。视之《万叶集》中：

>　　海石榴市上　八十衢之中　灰指染绛紫　何君待相逢　《万叶集》十二·三一〇一
>
>　　（紫は灰指すものぞ海石榴市の八十の衢に逢へる兒や誰）
>
>　　海石榴市上　八十衢中立　曾有结我带　依惜解此钮　《万叶集》十二·二九五一
>
>　　（海石榴市の八十の街に立ち平し結びし紐を解かまく惜しも）

可知，《野有蔓草》也是歌垣之歌。歌垣经常会在人们易于聚集的场所举行，如《溱洧》与《野有蔓草》那样多在河畔与野外，也常举行于都城的门外。郑城的东门就是这样的地方，有《出其东门》这样的诗歌：

>　　出其东门　有女[1]如云
>　　虽则如云　匪我思存[2]
>　　缟衣綦巾[3]　聊乐我员　第一章
>
>　　1. 指集于歌垣的女人。　2. 没有喜欢的女人。　3. 白色上衣，蓬草色肩巾。

此地有如云的女子聚集，但我倾心的女子只有一人，是一位穿着白色上衣草色下襟的女子。能与我在露深野地相伴的，大概只有这女子了吧。男女还会经常相乘同车，往远方出游。

>　　有女同车　颜如舜华[1]
>　　将翱将翔[2]　佩玉琼琚[3]

彼美孟姜[4]　洵美且都　第一章

1.木槿花。　2.到处游玩。　3.在腰间佩戴美玉。　4.姜姓的姑娘。指名门之女。

同属《郑风》的《有女同车》。如木槿花般美丽的女子，乘着车漫无目的地奔驰。腰间的佩玉摆荡作响。这是多么美丽优雅的女子啊，她是姜姓的姬君。躲开歌垣让她心中欢喜，大家心里也都愿意这样。

东门歌垣并不限于郑。在巫祝之俗亦即巫风盛行的陈，其诗十篇多半都是歌垣之歌，其中东门之歌有三篇：

东门之池　可以沤麻[1]

彼美淑姬　可与晤歌[2]

1.为解开麻的纤维而用水浸泡。　2.对面而歌。

此为《东门之池》的第一章。这个池塘大概是女子们用来沤麻的地方。今天在池边和姑娘快乐歌唱；到夜晚，这里又是约会的场所：

东门之杨　其叶牂牂[1]

昏以为期　明星煌煌

1.枝叶繁茂的样子。

此为《东门之杨》的第一章。约好黄昏时在杨柳树下见面，可无论怎么等待，女子始终没来。空中早有明星闪烁。这首《东门之杨》所歌咏的东门，与歌垣的场所宛丘相连。《东门之枌》歌曰：

> 东门之枌　宛丘之栩
> 子仲之子[1]　婆娑其下　第一章
> 1. 子仲家的女儿。歌谣之中，人名多用为普通名词。

婆娑是指舞姿。在东门的枌树树荫下、宛丘的栩树之下翩翩起舞的人，是子仲的女儿。此诗第二章里有"不绩其麻　市也婆娑"之句，应与《东门之池》是同一个地方。

东门与宛丘之道相连，歌垣的场所原本应是在宛丘。《宛丘》之诗亦歌咏了歌垣的情景：

> 子之汤兮[1]　宛丘之上兮
> 洵有情兮　而无望[2]兮　第一章
> 坎[3]其击鼓　宛丘之下
> 无冬无夏　值其鹭羽[4]　第二章
> 1. 丰腴美丽貌。　2. "忘"的假借字。金文中有此用例。　3. 鼓的高音。　4. 头戴鹭羽。

宛丘是山中平坦的地带。《常陆风土记》之筑波郡条与此相似：

> 东峰状若四方磐石，或升或降险峭屹立，其侧有清泉流淌，冬夏不绝，坂以东诸国的男女，于春花开放之时，秋叶

黄遍之节，相携联袂，饮食斋宴，或骑或步登临于此，乐而忘返。

宛丘之舞应是巫女之舞，其舞姿之美，有着让人难以忘怀的魅力。在此不分冬夏地击鼓，戴着鹭羽起舞。"而无望兮"，就文字而言也可读作"无可望兮"，这便如《汉广》中的游女一样，"不可求思"了。

上面说过，歌垣原本出自舞雩。上文的《东门之枌》，第二、三章开头有"穀旦于差""穀旦于逝"之句。"于差"原本是在乞雨的祭祀中所用之语。《礼记·月令》郑玄注，说"雩，吁嗟求雨之祭也"，故而雩亦可说成是"求雨之术、吁嗟之歌"。"于逝"与"于差"同义。日本筑波岭的歌垣在流泉之处举行，也表现出歌垣的起源与乞雨之间的关系。

宛丘和东门，在记载前汉历史地理的《汉书·地理志》中亦有提及，唐颜师古注中说，在这里举行的歌垣是为了事神，是用来取悦神祇的歌舞。在宛丘起舞的女子，可能即是巫女。既是事神的女子，抱有非分之想应该也是不被许可的吧。

歌垣会在夜间举行。同是《陈风》的《月出》一篇，歌咏了月下起舞的女子之美：

月出皎兮　佼人[1]僚[2]兮
舒[3]窈纠兮　劳心悄[4]兮　第一章
月出皓兮　佼人懰[5]兮
舒忧受[6]兮　劳心慅[7]兮　第二章

月出照兮　佼人燎[8]兮

舒夭绍[9]兮　劳心慅[10]兮　第三章

1.纤细而优美的人。　2.令人欢喜的。　3.舒缓柔顺的样子。　4.思物之心。　5.出乎意料的美感。　6.柔顺貌。　7.思虑成疾。　8.光芒夺目的美感。　9.柔和貌。　10.烦躁貌。

各句的第三字，所用之音大致相同，其和谐特为美妙，使人从心灵深处觉得，在月光中款款而舞的女子之美，已非世上之物了。舞者亦应是巫女。"劳心悄兮"，是说只有心力交瘁、难以触及之叹。但所叹并非只叹所见之人；因为她是巫女，所叹的还有她身为巫女的身份。

季女之叹

在歌咏季女的诗篇之中，有很多诗意难解的地方。《曹风·候人》《小雅·车舝》，都是读来晦涩难懂的诗歌。这些诗中的表现手法，语言的表面固然难以索解，亦让人感觉其中有某种隐微之意。首先让我们来看《候人》之诗：

彼候人[1]兮　何戈与祋[2]

彼其之子[3]　三百赤芾[4]　第一章

维鹈在梁　不濡其翼

彼其之子　不称其服　第二章

维鹈在梁　不濡其咮

彼其之子　不遂其媾[5]　第三章

荟⁶兮蔚兮　南山朝隮⁷

婉⁸兮娈兮　季女斯饥⁹　第四章

1.卫士。担任警戒与迎送任务之人。　2.大矛。　3.其，古时用为所有格。指"那个男子"之意。　4.身着礼服的三百官吏中的一人。红色的护膝为礼装之用。　5.男女之思。　6.云气弥漫貌。　7.晨间的彩虹。　8.年轻貌美。　9.指未得满足的欲望。

候人是送迎宾客的下级官吏。在记载周代官制的《周礼》中，其阶位不过上士；可在一般民众眼中，仍是礼服配着红色护膝官员中的一人，是郑重、出色的官员大人。可是这个男子在人前，却如不下水的鹈鸟一般，看着干净利落却丝毫不懂人情。鹈鸟并不是用来鹈饲^①的鹈，而是类似塘鹅那样不入水而捕食小鱼的水鸟。此鸟不湿其羽，不湿其喙，毫无勇敢可言。与这样的男人交往，女子身心俱疲。在南山的晨间出现彩虹之际，女子的心中也充满了饥渴的欲望。

在此诗中，所谓"季女"一词，是存在问题的。以晨间的虹来表达男女情感的手法，在日本的《东歌》之中也有例子：

高耸伊香保　虹光映昭昭　如今亦难寝　情思只到朝　《万叶集》十四·三四一四

（伊香保ろのやさかのゐでに立つ虹の現はろまでもさ寝をさ寝てば）

这里像彩虹一样着恼地感叹的是一位季女。而其中出现的粗野男子，都是无法满足爱情的无知之辈。

---

① 日语称以鸬鹚捕鱼为"鹈饲"。——编者

《候人》乍一看觉得很通顺，但季女一语究竟是何意味，仍是比较模糊。而在《小雅·车辖》一诗也歌咏季女，这里的季女也并非单指幺女的意思。《车辖》之诗是结婚时的祝福之歌，这一点从其表现上大略能解；但它又不像是单纯的祝颂之歌。可能是在某种特殊状态下，用作结婚之诗：

间关[1]车之辖兮　思娈季女逝兮
匪饥[2]匪渴　德音来括[3]
虽无好友　式燕且喜[4]　第一章
依彼平林　有集维鷮
辰彼硕女[5]　令德来教[6]
式燕且誉　好尔无射[7]　第二章
虽无旨酒[8]　式饮庶几
虽无嘉肴　式食庶几
虽无德与女[9]　式歌且舞　第三章
陟彼高冈　析其柞薪[10]
析其柞薪　其叶湑[11]兮
鲜我觏尔　我心写[12]兮　第四章
高山仰止　景行行止
四牡騑騑[13]　六辔如琴[14]
觏尔新昏　以慰我心　第五章

1. 金具之音。　2. 并非因为欲望。　3. 指拥有一致的爱情。　4. 宴。令人欢喜的宴席之意。　5. 优秀的女子。　6. 表示美好的爱情。　7. 符合神的旨意。　8. 美酒。　9. 怀着好意般配之意。　10. 采伐七叶树的树枝为薪。其薪乃为婚礼的赠物。　11. 树叶繁茂。是为可喜的预兆。　12. 同"泻"。

洗濯其叶，以消除忧愁。　13.四驾马车。马儿并排奔跑。　14.六副缰绳。缰绳分开貌。

车辇发出咔咔的金属声，年轻的季女现在就要出嫁。这并不是随随便便的结合，而是适合般配的爱情结果。虽然不是道贺新婚之喜的好友，但请说一句祝福的话来庆贺吧（第一章）。"好友"一词在西周期金文的用法中，指同年辈的身份。没有任何人来祝福的婚姻，实在是不正常的。特意指出并非因为饥渴之故，也相当奇怪。还特别提到"德音来括"和结婚的正当性作为理由，也不清楚原因何在。这个婚姻很不寻常，背后一定有潜在的故事。

第二章描写茂密山林里的山鸡，然后说此女结婚有神灵祝福。鸟乃是鸟形灵，是神灵的化身，或指祖灵。"令德来教"，是说因为这段美好的爱情，两人得以结合在一起。这是因为女子对神灵虔诚侍奉，神灵对这虔诚的回报。"好尔无射"，是讲事神时符合神意的祭祀用语。

第三章是讲这场简单的祝宴并没有美酒佳肴，除了勉励婚姻的歌舞，也没有表示好意的礼物。第四章则说，然而这场新婚有神祇祝福，所以上到高冈，切下柞树的秀枝作为柴薪。将此柴薪供奉给神灵，秀枝上鲜嫩的叶子，表示神灵接受了它。在日本，也有用手将下枝折下用以祈祷成功的习俗：

　　行至橘树下　折枝轻取下　借以问子处　与君何能故　《万叶集》十一·二四八九

　　（橘の本に我を立て下枝取りならむや君と問ひし子らはも）

《车舝》这首诗所言之处亦是如此：看着你终于出嫁，我心中的忧虑豁然开朗，胸中也坦然了。

第五章讲，现在就需要去祈求神灵祝福。仰望高山，轻快地向着大道走下去吧。马车的缰绳也如琴弦一般，季女的新婚也使我安心下来。吟唱这样歌谣的人，看起来应当是这个季女的亲朋。

在这首诗中，并不是无条件地祝福婚礼，明显是为了寻找托词、安抚之心而作。因为这个婚礼，让人觉得是平常不被准许的，因为美好爱情才被神灵所许可。寻常不允许结婚的女子，不正是事神的巫女吗？不正是不被允许有世间欢娱的斋女吗？

　　　　玉葛无实木　昌茂似神助　莫非如此树　皆有神灵驻 《万叶集》二·一〇一

　　　　（玉葛実ならぬ木にはちはやぶる神ぞつくといふならぬ木ごとに）

不正是这种如不能结实的树木一般的女子之命运吗？祭祀时虽然华丽光鲜，但终究不堪献身神灵的一生寂寥，这正是斋女的写照。

以季女与长女作为斋女事神，这种巫儿之风在中国也是存在的。齐以长女、其他地方以季女，留在家中作为巫儿。《召南·采蘋》就歌咏事于家庙的季女：

　　　　于以采蘋[1]　南涧[2]之滨
　　　　于以采藻[3]　于彼行潦[4]　第一章
　　　　于以盛之　维筐[5]及筥
　　　　于以湘之　维锜及釜[6]　第二章

于以奠之　宗室牖下[7]

谁其尸之　有齐季女　第三章

1. 水草。可用以祭祀。　2. 南山之谷。　3. 水草，指藻类。可用作祭祀。4. 山间的小溪。　5. 盛放供物的方圆容器。　6. 三足釜，平底釜。7. 窗边。在屋内祭祀祖神的场所。

在祭器中盛满溪谷与小河的水草，将其置于祖灵光临的祭祀场所，这是季女的分内工作。"斋"的正字写作"齋"，"齋"的字形象征着祭祀时规整妇人发型的头饰。巫儿是不准许结婚的。《候人》一诗，那唱法貌似对季女有所嘲骂，而她的对象只是个不解风流的御所役者，看上去未免奇怪。还有《车辖》之诗，那隐秘难解的祝寿歌，亦歌咏着由深深叹息的内里潜然流露的欣喜。日本文学的特殊传统之一——斋女的叹息，在中国古已有之。

斋女的不伦，也是古代文学的一个重要素材：

社前今荒芜　久来无神驻　春日天光好　锄边种粟蔬　《万叶集》三·四〇四

（ちはやぶる神の社しなかりせば春日の野辺に粟蒔かましを）

就算不在神社，总要有地方播种才是。此应为诱引之歌。

春日野边中　未曾播粟蔬　待鹿行且缓　神社止我步　《万叶集》三·四〇五

（春日野に粟蒔けりせば鹿待ちに継ぎて行かましを社し恨めし）

给这个娘子如此返歌的佐伯赤麻吕①，正是"神木以手触"（参见本书39页）的风流之人。于是，有时便会与神的侍奉者之间产生不伦。这种歌谣有别于一般民谣，特难索解。《召南·野有死麕》或许就是这样的诗歌：

> 野有死麕¹　白茅包之²
> 有女怀春　吉士³诱之　第一章
> 林有朴樕⁴　野有死鹿
> 白茅纯束⁵　有女如玉　第二章
> 舒⁶而脱脱兮　无感我帨⁷兮
> 无使尨也吠　第三章

1. 死去的小鹿。　2. 裹以白茅，献给神祇。　3. 事神的男子。祝者。 4. 檞树。橡树。　5. 捆成束的茅草。　6. 慢慢地，悄悄地。　7. 膝毯一类。事神时所用。

郊野有死去的小鹿。若要献给神祇，得以白茅包裹来供奉；但毙死于野的小鹿，则难以作为神圣的牺牲，献给神祇。同样，那怀春的巫女，亦难以去事奉神祇。因此这两句显然说的是其不伦。怀春的巫女，诱引她的祝者。"吉"字有"清"之意，吉士就是指祝者②。诗中讲的，便是巫女与吉士这种事神之身不获允许的关系。

这女子之为巫女，可从第二章的"白茅纯束　有女如玉"一

---

① 万叶歌人，生卒年不详，或说与大伴家持交好。——编者
② 这里的"祝"，指的是跟随神主掌管祭祀的神职人员，也作为广泛的神职人员的代称使用。

句中得知。读者或会由此想到先前提及《白驹》一诗（参见本书44页）的句子：

皎皎白驹　在彼空谷　生刍一束　其人如玉

这是参加周庙祭礼的客神之姿。所谓如玉之人便是事奉神事的神人，则捧着一束白茅的如玉之女就是巫女。但是，已怀有春心的巫女和野地上的死鹿，都是神祇不会接受的东西。所以到了第三章，转而描写密会："足音请轻一些，请悄悄地来啊。请不要碰到我的膝毯，请不要让狗叫起来。"这首诗很鲜明地写出了对事神者间不伦的嘲讽与嫌恶之情。在日本贺茂斋院的式子内亲王的墓石上，她的爱人定家化为藤葛缠绕之，遂成为定家葛之类有着深刻罪恶感的物语传说。① 而这种虚构故事产生的背景，就是很多不被神祇允许的爱情物语。

在中国，对于这种斋女爱欲物语的嫌恶感，有时会被附会于对诗的解释上。《齐风》十一篇中，从《南山》开始的六篇诗歌，被视为谤讪由齐嫁鲁的文姜与其兄之间的不伦之诗。这种解释根本就是错误的。可能在齐国有以长女作为巫儿的传统，而文姜侵犯了这种禁忌，则对她的不满之情，形成了对这首诗如此故事性

---

① 定家即藤原定家（1162—1241年），日本中世著名歌人。为民部卿，后升至正二位权中纳言，晚年出家。他是新古今时代的核心人物，参与撰集《新古今和歌集》，亦是《百人一首》之编选者。式子内亲王（1149—1201年），中世著名歌人。为后白河天皇女，曾事于贺茂斋院，后出家。她是新古今时代杰出女歌人，《新古今和歌集》所选女性第一。她与定家皆为恋歌高手，两人相爱。她死后，定家的执念化为藤葛，缠绕她的墓石，事见金春禅竹所作谣曲《定家》。——编者

的解释。关于这些，本书之后会在第六章"诗篇与传说故事"一节述及。在诗篇的解释当中，亦如《记》《纪》歌谣一样，这样故事化的附会特别多。这种附会本来就多含荒唐无稽之物，但有时也会像齐之文姜故事这样，出现基于古代习俗立场解释而做出的附会。

山川歌谣乃是发乎古代祭礼之歌。之后，随着氏族社会的崩塌，其祭礼的神事性质逐渐稀薄，而作为民俗性质的行事传承下来，成为歌垣这样具季节性和解放性的游乐。另一方面，宫廷舞乐也随着王朝的灭亡，而逐渐变得游艺化。在这之中，只有事神的巫女，还是忍泣着古老咒缚的牺牲者。日本的巫系文学谱系——例如产生了小野神信仰的小野小町[①]，以及来自于守护神水的巫女故事之和泉式部[②]物语等——其更为古老的表现形态，在诗篇里该是能够找到的。特别是借助歌垣的习俗，则诗篇与日本古代歌谣之间所具有的本质近似，即可以通过山川歌谣，发现若干发生史论方面的蛛丝马迹。我想，在其他系列的歌谣——譬如恋爱诗的形成与展开方面，也不妨进行一些尝试。

[①] 《古今和歌集》时代女歌人，生卒年不详。为六歌仙、中古三十六歌仙之一，传为参议小野篁的孙女。或说为仁明朝的更衣，或说为采女。小町传说在日本历史上起源悠久，包括她美貌而厌男的故事、晚年色衰流浪的故事、美人薄命的骷髅传说等，均广为流传。其和歌艳丽热情，又具哀怨色彩。——编者

[②] 日本中古女歌人，中古三十六歌仙之一。生卒年不详，父为越前守大江雅致。约二十岁时与橘道贞结婚。长保初年（1000 年左右）与冷泉天皇皇子为尊亲王恋爱，亲王死后又与其异母弟敦道亲王恋爱，其经历见于她的《和泉式部日记》。敦道亲王死后一度绝望出家，号永觉。——编者

第三章

诗篇的展开与恋爱诗

宗庙的祭典

如果从文学的起源是由人对于情感抒发的需求这个立场来看的话；古代歌谣首先是由爱情的歌咏为发端，进而成立的。但如前文所述，歌谣原本是人们在事神时，作为与神交流的方法而起源的。人具有抒情的要求，作为这种要求的表现，便需要文学的形式出现；而首先，人必须作为自由抒情的主体获得解放。其前提在于，人们要从一直从属着的原始信仰之咒缚当中解脱出来。但是在现实中，当人们从这些神祇获得解放时，便已经存在着新权威代替了神灵，那就是早已领主化、贵族化性质的氏族族长。这些族长们独占了祭祀权，作为神祇的媒介者，在氏族共同体的全体成员之中占据着支配地位。人们参加祭祀，祭祀领主尊奉的祖神与神祇，还要赞颂作为现世人神的领主。如此这般，作为祀神的文学——咒词的原始歌谣，很快就在新的社会共同体中，发展为古代歌谣的世界。

在诗篇的时代，周、召二南之地在氏族领主治下，长久以来一直保持着祭祀共同体的遗制。与民谣相比，"二南"之诗伴随着更多古代仪礼的内容。下面会说到，这些诗对春秋以前的诗歌——如《小雅》的《出车》《采薇》等诗篇——都有所影响；由此事实观之，也可以看出"二南"之诗应是在较早时期成立的。早期的诗歌，主要是领主家庙祭祀之时的祭事诗。我们说过，《召南·采蘋》便是歌咏季女事于祭祀的诗歌。与其相似的还有《采蘩》一诗：

> 于以采蘩[1]　于沼于沚[2]
> 于以用之　公侯之事　第一章
> 于以采蘩　于涧[3]之中
> 于以用之　公侯之宫　第二章
> 被[4]之僮僮[5]　夙夜在公[6]
> 被之祁祁[7]　薄言还归[8]　第三章

1.艾蒿。用以祭祀之物。　2.池塘与河滨。祭祀所用水和草，是要选择特定场所所产之物。　3.谷川。　4.妇人的发饰。假发。　5.指妇人们发饰美丽的样子。　6.指公侯的宫殿。　7.戴着发饰的妇人们并排站立的样子。　8.祭事结束后退出。

第一、二章的句法与《采蘋》几近相同，亦为祭事之诗。摘取池塘谷川的水草，献与宗庙来祭祀。"事"本与"使"为同字，则讲祭祀的使者，亦用的是祭事的本义。供奉此次祭事的，是一些佩戴着美丽发饰的妇人。"夙夜"意为早晨很早、夜里很晚，是一种祭祀用语。祭事是要通宵进行。直到天色将明，妇人们才能静悄悄地退出宗庙。

《采蘩》这首诗所描写的或许是领主一族的妇人们参加的祭祀。古时一般氏族成员们也可以参与；但自从氏族内阶层分化产生之时，参加方式也随之产生了区别。《召南·小星》即歌咏如下：

> 嘒¹彼小星　三五²在东
> 肃肃宵征　夙夜在公
> 寔命不同³　第一章
> 嘒彼小星　维参与昴⁴
> 肃肃宵征　抱衾与裯⁵
> 寔命不犹　第二章
>
> 1.微弱的光芒。　2.三颗星、五颗星之意。　3.身份上的不同。　4.猎户座的参宿、昴宿。　5.棉被之类的铺盖。值班时所用。

在旧说中，此诗被视为歌咏正夫人以外的贱妾仕于宫中的情形。据此解，飘忽闪烁的星光应暗示着微贱的地位，甚至连居室都没有，只能在夜里抱着被褥出入宫中。这很像西鹤①的小说里对夜女的描写。此诗中含有同《采蘩》一样的祭祀用语——夙夜，无疑是歌咏在公宫夜祭时侍奉的一般妇人。通宵事于寝庙祭祀的是有身份的妇人，和在殿前准备寝具值夜的女子，她们身份的不同在仪礼之际变得一目了然。个中叹息，只好歌诸"寔命不同"了。这些女子，该是相当于采女②在日本的地位。

男子自然也要参加祭祀，要准备祭祀后的飨宴。《召南·羔羊》应是这样的诗作：

---

① 指井原西鹤（1642—1693年），日本小说家。
② 指古代日本的地方豪族（后为郡司）将本族年轻端丽的女子选送朝廷事奉。——编者

羔羊之皮[1]　素丝五紽[2]

退食[3]自公　委蛇[4]委蛇　第一章

羔羊之缝[5]　素丝五总[6]

委蛇委蛇　退食自公　第三章

1.羊羔皮做的裘。　2.系于裘上的绳饰。　3.飨宴结束后退去。　4.沉静而有威仪。　5.裘的缝合针脚。在其缝合之处系上绳饰。　6.绳饰。根据其穗子的大小,名称有所不同。

在小羊皮的皮裘上系以白丝饰品,作为祭服穿在身上,充满威仪地慢慢退出。祭祀之后举行的飨宴,在古时具有氏族共餐的意味。此诗并没有歌颂仪礼的内容,所以应是退出庙堂之时演奏的竟宴之歌。在《召南》的这些诗里,残留了很浓郁的氏族氛围。

在王朝的贵族社会中,这类诗歌有着一种礼仪化的形式。首先,参朝者要于熊熊燃烧着的庭燎之中入内参拜。《小雅·庭燎》即歌咏了此事:

夜如何其　夜未央　庭燎之光[1]

君子至止　鸾声将将[2]　第一章

夜如何其　夜乡晨　庭燎有煇[3]

君子至止　言观其旂[4]　第三章

1.篝火。　2.车中所挂铃铛的鸣响之声。　3.光芒照耀貌。　4.持氏族之旂进行参拜。

这些君子乃是助祭和参贺的人。他们在早朝时捧着祭事用的神馔入内参拜,祭事结束后会得到丰厚的赏赐而退出。《小雅·采菽》中言：

> 采菽[1]采菽　筐之筥之
>
> 君子来朝　何锡予之
>
> 虽无予之　路车乘马[2]
>
> 又何予之　玄衮及黼[3]　第一章
>
> 维柞[4]之枝　其叶蓬蓬[5]
>
> 乐只君子　殿[6]天子之邦
>
> 乐只君子　万福攸同[7]
>
> 平平左右[8]　亦是率从　第四章

1. 豆子。君子们在入朝时所持的供物。 2. 路车指仪礼时使用的车。乘，四匹之意。 3. 黑色的礼服，有刺绣的裳。 4. 七叶树。其叶茂盛云云，是祝颂之言。 5. 枝叶茂盛貌。 6. 镇守。指治理国家。 7. 所有祝福都集于其身。祝颂之言。 8. 肃静的臣下们。"平"是"便"的假借字。

第一章的首二句，与《召南·采蘋》的表现方式相同。这是讲述捧着神馔入内参拜之事。这些参朝之人，被王室赐予驷马与路车，还被赠以黑色的朝服衮衣和用为礼装有装饰的膝毯，以犒赏他们的辛劳。第四章的起首二句是与《车辇》（参见本书58页）相同的表达。柞薪是供奉给神祇之物，它的枝叶蓬蓬茂盛，合乎神意，因之是祝颂的表达。如此，这些被称为"乐只君子"的贵族们，接受了万福的祝福后就退出去。氏族性规模的《召南》诸篇，较之王朝性规模的《小雅》诸篇，虽然在仪礼歌谣方面大有不同，但在祭事歌的表现上却有着共通之处。

君子赞颂

在祭事时参朝的人们，都要献上赞颂君主的祝词。要将特定场所的水挹取来用为祭事，以充神馔。《大雅·泂酌》中有：

泂酌彼行潦[1]　挹彼注兹
可以餴饎[2]
岂弟[3]君子　民之父母　第一章
泂酌彼行潦　挹彼注兹
可以濯罍[4]
岂弟君子　民之攸归　第二章

1. 小股的流水。　2. 祭祀中所用的蒸米。供为餐食。　3. 温柔优雅。
4. 祭祀所用的大型壶状容器。装水或酒。

"行潦"一词在《召南·采蘋》中也可看到，是为流水之意。这里的水应是从遥远的地方运来的。《万叶集》里多见吉野行幸之歌，是为汲取瀑布河内的水用以祭祀的出行。人麻吕歌道：

吉野川边苔　百见不足厌　永存无绝处　归去当相见　《万叶集》一·三七

（见れど飽かぬ吉野の河の常滑の絶ゆることなくまた還り見む）

还有赤人所作：

壮哉我君上　巍峨吉野宫　青垣相掩映　清波环于间　《万

叶集》六·九二三

　　（やすみしし　我ご大君の　高知らす　吉野の宮は　畳づく　青垣隠り　川波の　清き河内ぞ…）

以及其反歌：

　　夜深又几更　久木林繁盛　渚清川原上　千鸟鸣飞还　《万叶集》六·九二五

　　（ぬばたまの夜の更けゆけば久木生ふる清き川原に千鳥しば鳴く）

都是祝颂挹水以为神馔的圣地之歌。

"岂弟"为赞颂君主之词，《大雅·旱麓》之中也以此语祝颂君主：

　　瞻彼旱麓[1]　榛楛[2]济济[3]
　　岂弟君子　干禄[4]岂弟　第一章
　　莫莫[5]葛藟[6]　施[7]于条枚
　　岂弟君子　求福不回[8]　第六章

　　1.旱，山名。在今陕西省汉中之地。　2.类似荆棘的杂木。　3.繁茂貌。　4.指幸福。岂弟，获得幸福时的安详貌。　5.枝叶繁茂貌。　6.茑萝，蔓草。　7.茂盛地缠绕树木枝条。　8.以无邪的良好行为追求幸福。

　　于旱山之麓看到生长茂盛的榛、楛，这种表现乃是祝颂诗的固定形式。所言草木繁茂，其意在于为了获得其中表现的自然生命力而振魂。"瞻"就是代表着预祝的行为。

孤松秀立此　难知历几代　风吹林间过　年深音尚清　《万叶集》六·一〇四二

　　（一つ松幾代か経ぬる吹く風の音の清きは年深みかも）

此时并非只是单单描写景物；"年深"之语所表示的，是对于长生的预祝之言。枝干盘缠的茑葛，也表示神祇的祝福。

　　高原野边上　沿路葛蔓生　饶其千代久　勿忘我君上　《万叶集》二十·四五〇八

　　（高圓の野辺延ふ葛の末つひに千代に忘れむ我が大君かも）

同样，这里也非单纯的比喻。这种表达，乃是导源于歌咏葛藤的咒词性质。

　　将葛藟作为祝颂歌的表达方式，在《周南·樛木》之中亦可看到。第一章已在前文中引用（参见本书 38 页），这里引用其第二、三章：

　　南有樛木　葛藟荒之
　　乐只君子　福履将之[1]　第二章
　　南有樛木　葛藟萦之
　　乐只君子　福履成之　第三章

　　1. 指福履之大。句末的"之"字，并非表示宾语，是一种惯用表达。"福履成之"与此相同。

缠绕着树木的葛藟，以其神树之姿，带给人神圣之感，因之这是祝颂之兴。《旱麓》第六章（参见本书 73 页）的表现手法，与此首《樛木》以及同为《周南》的《葛覃》相同，都是采用草木之兴。

   葛之覃兮　施于中谷[1]　维叶萋萋

   黄鸟于飞　集于灌木　其鸣喈喈[2]　第一章

   葛之覃兮　施于中谷　维叶莫莫

   是刈是濩[3]　为𫄨为绤[4]　服之无斁　第二章

 1. 指谷中。　2. 鸟鸣之声。　3. 采伐、熬煮，取其纤维。　4. 以葛做的细布与粗布。均用作祭服。

  后面的第三章歌咏妇人的归里之礼——归宁，起首两章也与这一祭事有关。诗中所言葛藤繁茂，即与神事和祝颂相关；所言黄鸟交飞鸣叫，也有着暗示神灵的意味。鸟是指鸟形灵。类似《万叶集》的吉野之歌中"渚清川原上　千鸟鸣飞还"（参见本书73页），以及：

   吉野象山中　逢时枝头动　音高林渐骚　从来是鸟声　《万叶集》六·九二四　赤人

  （み吉野の象山の際の木末にはここだも騒く鳥の声かも）

都是歌咏众鸟齐鸣，来作为神灵的暗示。

  《葛覃》超越了这种表达的意味，而将葛藤作为祭服来描写。这种祭服是将葛藤砍下，煮制后取其纤维以作麻。妇人新嫁，在家庙行庙见之礼时，需由妇人亲手织成祭衣。穿这样的衣服，神祇便会乐于接受祭事。"无斁"就是表达神明之意的祭祀用语。

所谓缠绕着神树的葛藟,这种表现手法乃是如此具有神圣感的景象,从而具有祝颂的表达。同时,这种对神圣之物的崇敬与仰慕的意识,随后转变成表示思慕的表达。对乔木、樛木与葛藟的描写之中,直立的古木表达了男性雄浑伟岸,与之相对的葛藤则是对女性楚楚可怜的娇弱之体的联想。很可能在诗篇之祝颂诗的性质里,即包含着由赞仰到思慕这种心境推移的可能。祝颂诗中常用的"乐只君子""君子"之言,原来指的是君主;而在恋爱诗里,则拿来代指为思慕的对象。由祭奉神灵的祭事诗,到赞颂君主的祝颂诗,进而再到恋爱诗,这一系列的流变都是有迹可循的。

恋爱诗的成立

《卫风·淇奥》被"四书"之一的《大学》所引用,遂得以众所周知。这是一首赞颂领主的诗,歌咏了对文德卓然的君子的仰慕之意:

瞻彼淇[1]奥[2]　绿竹[3]猗猗[4]
有匪[5]君子　如切如磋
如琢如磨[6]
瑟兮僴兮　赫兮咺兮[7]
有匪君子　终不可谖兮　第一章
瞻彼淇奥　绿竹如箦[8]

有匪君子　如金如锡

如圭如璧[9]

宽兮绰兮[10]　猗重较兮[11]

善戏谑兮　不为虐兮　第三章

1. 河名。　2. 河湾。　3. 像竹的一种名叫王刍的草。　4. 美丽茂盛。 5. 同"斐"。指德行优秀的状态。　6. 石与玉制品加工完成。　7. 以上二句，指人格上的优秀之处。　8. 指繁茂无间的样子。　9. 指如金似玉、毫不朽坏的样子。　10. 指心胸宽广。　11. 在车厢席前的横木。

此诗为三章叠咏。"瞻彼淇奥　绿竹猗猗"的表现手法，毫无疑问属于祝颂的表达。"如切如磋"以下，与第三章"如金如锡"形式相同，都是以金玉之卓越来作为祝颂之言。"瑟兮""僩兮"是指其人威仪端正，"宽兮""绰兮"则指心胸宽广，雅好戏谑，不会严厉对待，亦即其为人宽厚。这既是赞颂君主的诗歌，篇末却用"善戏谑兮　不为虐兮"的表现手法来表示亲爱，这体现了由赞仰到思慕的感情逐步推移的心路历程。

《秦风·终南》也是赞颂君子的诗歌，其中歌道：

终南[1]何有　有条[2]有梅[3]

君子至止　锦衣狐裘

颜如渥丹[4]　其君也哉　第一章

终南何有　有纪[5]有堂[6]

君子至止　黻衣绣裳[7]

佩玉将将[8]　寿考[9]不忘　第二章

1. 终南山。　2. 山楸一类的树木。　3. 樟树一类的树木。　4. 如赤土一般的红色。指充满威仪的相貌。　5. 枸杞。　6. 山梨树。　7. 有刺绣的衣裳。　8. 腰间所挂玉佩的鸣响。　9. "考"通"老"。是祝贺万寿的言辞。

此应视为祝颂诗的定式，起首两句"终南何有"的问答形式，在日本的古代祝颂歌中也可以看到。《大雅·旱麓》"瞻彼旱麓"、《卫风·淇奥》"瞻彼淇奥"中的"瞻"这种形式，也是日本自古就有的，是与《万叶集》中的"看不足"等相似的形式。在诗篇中这种形式固定为"南山有台"这种存在方式，多用于祝颂之诗。《小雅·南山有台》中有云：

南山有台　北山有莱

乐只[1]君子　邦家之基

乐只君子　万寿无期[2]　第一章

南山有杞　北山有李

乐只君子　民之父母

乐只君子　德音不已　第三章

1. 与"岂弟"相同。为称赞君子之语。　2. 祝贺永远繁荣之语。

这种歌咏青山茂林的表达，原本是祝颂或者预祝时使用的；在预祝没有实现之时，会用"未见君子"这样的句子，转而变成忧伤之诗。例如《扬之水》，其中的"扬之水　不流束薪"也是同样的表达。

鴥[1]彼晨风[2]　郁彼北林

未见君子　忧心钦钦[3]

第三章 诗篇的展开与恋爱诗

　　如何如何　忘我实多　第一章

　　山有苞栎⁴　隰有六驳⁵

　　未见君子　忧心靡乐⁶

　　如何如何　忘我实多　第二章

1.疾飞貌。　2.游隼。　3.强烈忧愁貌。　4.栎树繁茂丛生。　5.斑驳有斑点的树之名称。　6."乐"加以"疒"字头，用为"瘵"之意。

《秦风·晨风》之诗。"山有……隰有……"这种句型，原本是祝颂诗的表达方式。这种赞颂君子的形式，转而变成对于思慕之人的预祝之语。这些语句原本就设定为对预祝成果的期待。预祝没有成就，遂有"未见君子"这样的忧伤之句；而承接以"既见君子"一句，则表示了巨大的喜悦。在这种场合，诗歌便完全转化为恋爱诗。《召南·草虫》也可以看到这样的表现手法：

　　喓喓¹草虫　趯趯²阜螽

　　未见君子　忧心忡忡³

　　亦既见止　亦既觏止　我心则降　第一章

　　陟彼南山　言采其薇⁴

　　未见君子　我心伤悲

　　亦既见止　亦既觏止　我心则夷　第三章

1.螽斯鸣叫貌。　2.昆虫跃起似飞的样子。　3.心中满怀忧虑。　4.摘草，是为会面所做的预祝。

　　相从而鸣的螽斯跃起欲飞。这原本就是祝颂君子之诗的表达手法。《周南·螽斯》里也有：

螽斯羽　诜诜[1]兮

宜尔子孙　振振[2]兮　第一章

1. 指很多昆虫齐飞的振翅之音。　2. 喧嚣热闹。

歌咏蝗虫群飞。此亦可以视作祈祷子孙繁荣的咒词性表达。在《草虫》一诗中，其表达与其说是祝颂，不如说更是对于思慕之情的表现，继而引出"未见君子"这种恋爱诗的诗句。这种忧伤，又以"即见君子"之句，而转变成了巨大的喜悦。在祝颂诗之中所惯见的定型表达，就这样发展成为恋爱诗。在民谣的世界中，"未见君子"这种定型有着自由的变化，表现奔放的特点。《郑风·山有扶苏》歌道：

山有扶苏[1]　隰有荷华[2]

不见子都[3]　乃[4]见狂且[5]　第一章

山有乔松　隰有游龙

不见子充　乃见狡童　第二章

1. 树木名。　2. 莲花。　3. 对于优秀男子的普通名词称呼。第二章的"子充"与此同义。　4. 与预期相反之时所用语。　5. 形容轻浮的男子之语。"狡童"与此同义。

此诗起首两句依然是具有祝颂和预祝形式的诗句，从第三句往后立刻进入主题。"未见君子"之句被替代为"不见子都""不见子充"这样带有特定形象的人物。"子都""子充"中的"子"字，是具有一定身份的人才使用的。心想着能与这样的年轻世家公子相会，谁知道却遇到个轻薄浪子；这当然是民谣中的反话形式，是与相好男子的戏谑之言。

在古代，祝颂之诗与君子之诗开始表现出向恋爱诗发展的倾向，应该在更早时期就出现了。《小雅·出车》一诗，是歌咏西周末期与从北方而来的入侵者猃狁交战的诗歌，诗中的第五章即歌有：

喓喓[1]草虫　趯趯阜螽

未见君子　忧心忡忡

既见君子[2]　我心则降

赫赫南仲[3]　薄伐西戎

1. 参照《草虫》一诗（参见本书79页）。　2. 此处指南仲。　3. 西周后期宣王时的将军。

此处除去末尾二句，几乎全用《召南·草虫》；但诗意却将原本恋爱诗的表现反转成赞颂君子的原态，用以赞颂武将南仲的功勋。因为是军歌的缘故，所以在诗中插入喜闻乐见的诗句，也更适宜军士们唱诵。这种表现手法在同样歌咏讨伐猃狁的《采薇》诗中也可看到，其诗第四章有：

彼尔[1]维何　维常[2]之华

彼路[3]斯何　君子之车

戎车[4]既驾　四牡[5]业业[6]

岂敢定居　一月三捷

1. 明艳美丽。 2. 庭樱。 3. 大型兵车。 4. 战车。以马驾之。 5. 四匹马。四驾马车。 6. 盛装的马。

其起首四句与作为结婚时的祝颂歌的《召南·何彼襛矣》的首章类似：

何彼襛¹矣　唐棣²之华
曷不肃雝³　王姬⁴之车

1. 形容花很多。 2. 毛樱桃。 3. 庄严肃静之感。 4. 周之王女。

想来是这种定型的祝颂歌由来已久的缘故。在《何彼襛矣》中，第二章末句有"齐侯之子　平王之孙"，应为周与齐联姻时的祝诗，故而是已经进入到春秋期的诗歌。或许这样的祝颂歌此时已经定型，而《采薇》则可能是从原歌中采用了此种联想的形式。

《出车》与《采薇》对此类章句都是以插入的方式进行运用的。由此观之，在作为贵族社会之诗的《小雅》之中，也应该采入了这些民谣的章句。换言之，《国风》之诗的时代，并不是一般所设想的下至春秋期，有一部分应该在《小雅》之初的时代中已经先行。同时，在《小雅》之诗中采入的民谣只限于"二南"之诗，这或许表明，二南之地距离西周之都很近，于宗周（今西安）和成周（今洛阳）之间亦多往来，故而其诗早就在西周的贵族社会流行开来。由此也可知道，"二南"之诗当是用为宫廷的乐歌。

综上所述，诗篇中恋爱诗的形成，应该做两个方面的考虑。一是山川祭礼之歌——例如前文列举的水神祭祀之《汉广》《蒹葭》等祭礼歌谣，以及与其系列性相关的歌垣之歌。祭礼歌以对神祇的思慕为形式来推进；从这种祭仪和形式发展到恋爱诗，是恋爱诗的发展道路之一。尤其在歌垣，是神明许可解放感情的机会；"人妻我可交　我妻人亦访"（《万叶集》九·一七五九）——在这种放浪的场所，有恋爱诗由此产生也是理所当然的了。

另一方面则属于君子赞颂的系列。贵族们作为取代神祇的新权威，而临于氏人面前，此时参加祭祀的人都要献上对君子的赞颂。赞颂很快变成表示思慕的表现方式，其形式亦规定为恋爱诗的形式。"未见君子""即见君子"这样的定型于兹形成。作为诗的表达固然与此吻合，而古时祝颂歌里寄托于树木等物的咒诵表达方法，还是多残留了下来。

《万叶集》之歌也是如此。在《万叶集》中寄予草木的寄物陈思之歌非常之多。此类多为相闻之歌①，原本属于祝颂之歌的表达，再被恋爱诗继承了下来。较之更具普遍性的诗歌，是以物名为题歌咏的咏物诗。在中国古代，咏物的文学形式——"赋"颇为盛行，"赋"原本就是"咒诵"，是祝颂之诗。《万叶集》之咏物，缘起上也类似于赋的文学。神乐歌②中以采物（如杨桐、币、杖、弓等）为题的歌谣，或许也存在着一种寄物陈思的表达。

汤原王于宴席时歌曰：

青山之岭上　朝日白云绕　常见终不厌　念此如我君　《万

---

① 相闻歌，与杂歌、挽歌合称《万叶集》三大部立，多为歌咏男女间恋情的恋歌，也包括亲人知友传达私情之歌。——编者
② 日本古代歌谣的一种，为在神前演出乐舞时所唱的歌谣。其起源盖在奈良时期以前，目前所传主要是平安朝时整理的九十首。分采物、前张、星三部；采物即为歌人手持币、杖等物，以为歌咏。——编者

叶集》三·三七七

(青山の嶺の白雲朝に日に常に見れどもめづらし我が君)

此诗明显是祝颂之歌。还有《人麻吕歌集》中也有：

御食向南渊　山上多严峻　所降寒霜雪　消融落残多　《万叶集》九·一七〇九

(御食向ふ南淵山の巌には降りしはだれか消え残りたる)

虽是众所周知的叙景名歌，但其实也是献给弓削皇子①的寿歌。南渊山在古代是举行乞雨的圣地，至今仍是巍然的山岳。雪被视为吉祥之物，如家持的歌：

新年更始日　今朝迎初春　瑞雪纷飞降　吉事承天祥　《万叶集》二十·四五一六

(新しき年の初めの初春の今日降る雪のいやしけ吉事)

此诗是在元旦的赐飨宴上所作歌。这些歌都具有预祝意味，而咏物中雪则为相闻之歌。

雪落覆梅花　幽然传雅芳　裹来承君侧　相取消此望　《万叶集》十·一八三三

(梅の花降り覆ふ雪を包み持ち君に見せむと取れば消につつ)

---

① 弓削皇子（？—699年），天武天皇皇子。——编者

山田沼中芹　为君急采集　雪化地尚泞　濡湿我裳裾　《万叶集》十·一八三九

（君がため山田の沢にゑぐ摘むと雪消の水に裳の裾濡れぬ）

"为卿摘野芳，及至春野上，何愁尚有雪，将我衣衫湿"（きみがため春の野にいでてわかなつむ我衣手に雪はふりつつ，《古今和歌集·春上》）也与第二首的构思方式类似，都是为了预祝而进行的摘草行为。这些诗歌由古代咒歌的表现转变为相闻歌；而像人麻吕的"南渊山"那样发展为叙景歌的情形，也可以通过上述一系列歌咏得到证实。此外，歌垣之歌原本乃是对神祇的献咏，这无疑也是相闻歌的发源之一。在诗篇当中，由祭礼和祝颂之诗向恋爱诗发展的情况，在前文中已有论述；在像这样从古代歌谣向恋爱诗发展的过程中，诗篇与《万叶集》之间有着基本一致的方向。在诗篇的表达与表现之中，以及在诗篇的发展过程之中，都可以看出两者之间有着明显的类同之处；在从发生史论角度来考察诗篇时，应将《万叶集》视为重要的比较研究资料。

爱情的表现

对古代人而言，爱情究竟是什么？所谓爱情，首先是要有相互间灵魂往来的可能。人们将自己的灵魂交给对方，而对方再将灵魂寄于我身，通过这样的表现才能确认爱情的存在。灵魂的授受既是恋爱的出发点，也是恋爱的根据。在《万叶集》中，就有灵魂赐予的表现：

　　　　暮去朝来中　魂魄与君同　恋此频繁念　痛彻我心胸　《万叶集》十五・三七六七

　　　　（魂は朝夕にたまふれど我が胸痛し恋の繁きに）

即便说灵魂的授受，灵魂原本却是无形之物。但古人却能够以物作为灵魂的象征。我们知道，在日本"玉"与"魂"是同音词，珠玉是灵魂的象征。所以，当爱情断绝时就有：

　　　　曾闻有白玉　相连绳已断　取绳复以贯　玉系我心田　《万叶集》十六・三八一四

　　　　（白玉は緒絶えしにきと聞きしゆゑにその緒また貫き我が玉にせむ）

　　　　白玉绳已断　何以相勾连　待有良人至　持去续贯纤　《万叶集》十六・三八一五

　　　　（白玉の緒絶えはまことしかれどもその緒また貫き人持ち去にけり）

这样的戏谑之言，也是用珠绪（串线）来表现的。这里的"绪"，有着灵魂之绪的意味，断绝了"珠绪"也就代表了离婚分手之意。

卫风中有《木瓜》一诗：

　　　　投我以木瓜[1]　报之以琼琚[2]
　　　　匪报[3]也　永以为好[4]也　第一章
　　　　投我也木桃　报之以琼瑶[5]
　　　　匪报也　永以为好也　第二章

1. 一种可食用的果实。 2. 玉的名称。腰间佩戴的佩玉。 3. 仪礼性的回礼。 4. 交好。 5. 腰间佩戴的佩玉。

此诗为三章叠咏。第三章所投为木李，是为歌咏投果之俗的歌谣。投果之俗是古时在歌垣中的习俗，是女子表现爱情的行为，在后世亦有流行。有故事说，六朝时晋人潘岳是位富有风采的美男子，潘岳以狩猎之姿在都城中驱车而行，女人们争相朝他投掷果物，车内很快被果物堆满。听闻此事，左思也装扮起来驾车而行，但他乡巴佬一样全无风采，车上便堆满了女子所投掷的瓦片石头。投果原本并不只限于桃李之类。

在日本，橘子与梅子、桃子等被视为祝贺之物，亦用于比喻方面：

相对孤峰上　桃树结山生　其根无所动　汝心何以忧　《万叶集》七·一三五六

（向つ峰に立てる桃の木ならめやと人ぞささやく汝が心ゆめ）

如此，结实云者，便讲的是女性到了适于结婚的年龄。而说到投掷，则后手将桃子投掷出去的恶例，见于《古事记》上卷。①

与投果相对，男子则是将随身所佩珠玉投掷出去。这种行为并不仅仅是回礼，亦是表示爱情之长久。得不到男子回报之时，

---

① 传说，大神伊耶那岐命的妻子伊耶那美命生育火神时死亡。伊耶那岐命不舍，追到黄泉之国。不幸偷看了伊耶那美命死后真身，伊耶那美命遂命八雷神追杀他。"伊耶那岐命取坂下所生桃实三个，俟追者近前，将桃子抛去，遂悉逃散。"（《古事记》，周作人译，前引书，16页。）但提及后手抛物（周作人译为"从背后伸手过去递给他"，前引书54页）的，是火远理命与火照命的故事。——编者

女子会继续求爱，直到果物投光为止。《召南·摽有梅》也歌咏了投果之俗：

> 摽¹有梅　其实七兮
> 求我庶士²　迨其吉³兮　第一章
> 摽有梅　其实三兮
> 求我庶士　迨其今⁴兮　第二章
> 摽有梅　顷筐塈之⁵
> 求我庶士　迨其谓之⁶　第三章

> 1. 用力投掷。　2. 男人们。在民谣中多指不特定的多数。　3. 好机会。　4. 意指现在正是机会。　5. 筐里装的梅子都没有了。　6. 还礼的玉也不要。表示一下意思就好。

关于此诗，《古典新义》的作者闻一多即指出是歌咏投果之俗。将梅子的果实放入筐中的，可能是来参加歌垣的女子。向着早已思慕的男子数次投出梅子，呼唤着以求回应；男子却一副装聋作哑的样子。将剩下的梅子全部投出，催着他回话，男子还是不搭理。梅子投光了，连筐也投出去吧，好歹说句话儿吧！

身上所穿的衣服，因是贴身包裹灵魂的东西，所以在爱情的表现中也起着很重要的作用。《唐风·无衣》《郑风·缁衣》都是这样的诗歌，在前文（参见本书 28—29 页）已有叙述。在日本则多有表达可怜之情的歌谣：

> 为君添寒衣　针脚密密缝　针针线线里　我心入其间　《万叶集》四·五一四

(我が背子が着せる衣の針目おちず入りにけらしも我が心さへ)

别时悲难抑　捧我所缝衣　望君着此物　直至重逢刻　《万叶集》十五・三五八四

(別れなばうら悲しけむ我が衣下にを着ませ直に逢ふまでに)

《豳风・七月》篇,是述及一年间农事历的异色长篇,歌咏的是在氏族领主率领下的农村生活。诗中年轻的村姑唱道:

八月载绩　载玄载黄
我朱孔阳　为公子裳　第三章末四句

其中寄托着对年轻公子的朦胧爱情。这乃是一种靠不住的愿望:

春日迟迟[1]　采蘩祁祁[2]
女心伤悲[3]　殆及公子同归[4]　第二章末四句

1.春日温暖明媚貌。　2.指女子成群结队。　3.指伤春之感伤。　4.愿与年轻的公子一同回去。

由整首描写氏族共同生活的诗篇可以推测,豳地的社会生活并不是氏族领主与属民完全断绝了情感的严苛阶级社会。中国的唯物史学家翦伯赞等人从"伤悲"与"同归"等语推测,这里讲的是女子对于领主初夜权的恐惧,这种解释未免太被史观左右。或许如日本的:

> 今我舂稻谷　以手脱其壳　夜深公子至　相与共叹息　《万叶集》十四·三四五九
>
> （稲つけばかかる我が手を今夜もか殿の若子が取りて嘆かむ）

这样的情形，描写的是相同的社会场景。所谓"かかる"，是皮肤皲裂的意思。

与衣服相关，结纽、解纽这样的表现在《万叶集》之中多有看到，但诗篇里却并不特出，只在《卫风·芄兰》一篇中咏此习俗道：

> 芄兰[1]之支　童子佩觿[2]
> 虽则佩觿　能不我知[3]
> 容兮遂兮[4]　垂带悸兮[5]　第一章
> 芄兰之叶　童子佩韘[6]
> 虽则佩韘　能不我甲[7]
> 容兮遂兮　垂带悸兮　第二章

1. 镜草。　2. 象牙的锥子。角针。　3. 亲近。指男女的关系。　4. 卖弄风情。　5. 带子垂下的样子。　6. 佩戴在腰间的弓韘。　7. 同狎。

诗中男子佩戴着像芄兰枝杈一样尖锐的角针。但是戴着角针，他居然天真到不知可以用来解开女子的衣纽，连与我接近的胆子都没有。只有我宽大的衣带，在他的面前垂下来（第一章）。"韘"既然以芄兰的叶子来形容，应该是一种尖头的器具。这样的器具在这种场合做何使用不得而知，但无疑是日常佩于腰间的。想来是像觿那样，可以用来解开或割开衣纽的吧。本诗戏弄的是不知如何解开纽扣、不解风情的男子，有似于上面所举的《曹风·候人》（参见本书 56—57 页）。在日本也有一种风习，即在暂别之际互相为对方结上衣纽，下次相逢之时再互相解开。

　　淡路野岛上　海风啸沙渚　昔日妹结纽　今朝散风中　《万叶集》三·二五一

　　（淡路の野島が崎の浜風に妹が結びし紐吹き返す）

　　妹结于我纽　相解断绝情　任其散如故　待以再相逢　《万叶集》九·一七八九

　　（我妹子が結ひてし紐を解かめやも絶えば絶ゆとも直に逢ふまでに）

若是衣纽自然解开或断开，或者就表明了某种异常，如同"独宿纽却断　得知心惨然　哭尽泪始干　复泣尚又还（独り宿て絶えにし紐をゆゆしみとせむすべ知らず哭のみしぞ泣く）"（《万叶集》四·五一五）中所示这般。

在中国，在结婚时会结同心结，称为"缡"或"茸"。"缡"以其偏旁为象形；"茸"则是代表结婚之意的"媾"字之初文，也是取两纽相系之形。为外出之人结纽的习俗，在汉代的古诗中，在别离日久之际有"衣带日以缓"之句。但在诗篇之中，并没有如《万叶集》当中将纤细的感情寄于下纽这样的作品。

《万叶集》作为抒情诗已经达到很高完成度的样式。即便是歌咏衣纽的作品，也有如人麻吕"淡路"（三·二五一）这样高格调的歌谣；而在诗篇之中，则只有《芃兰》这样的戏弄之诗。《万叶集》中所吟咏的恋爱感情，或则纯粹，或则明烈，或则激情；但诗篇因其为民谣之故，所以多有游戏性、颓废性的倾向。同为古代氏族制崩溃期的歌谣，在诗篇的世界之中就没有《万叶集》所持有的那种青春活力。这或许因为在两者之间，虽然历史条件大抵相通，但于社会经验而言，则存在着较大的差距。

诱引与戏弄

投果之俗与珠玉、衣服的赠答一样，都是所谓灵魂交流的方法。但民谣的世界远不止于此。比之抒情，更主要的是游戏性的氛围。

诱引之诗中有一种歌咏川渡的歌谣，这或是传承了较为古老的表达方式。如《万叶集》中：

　　繁扰多人言　其痛烦我心　世间始知我　朝渡此川津　《万叶集》二·一一六

　　（人言を繁み言痛みおのが世にいまだ渡らぬ朝川渡る）

　　佐保川门前　千鸟鸣飞翔　清濑水洋洋　策马何时渡　《万叶集》四·七一五

　　（千鳥鳴く佐保の川門の清き瀬を馬うち渡しいつか通はむ）

即多有像这样描写渡水的诗歌。《诗经》邶、鄘、卫之诗中，也可见数篇歌咏渡水的诗歌。《卫风·河广》一篇中有：

谁谓河[1]广　一苇[2]杭[3]之

谁谓宋[4]远　跂予望之　第一章

谁谓河广　曾不容刀[5]

谁谓宋远　曾不崇朝[6]　第二章

1.黄河。　2.芦苇舟。指一叶小舟。　3.横渡。　4.思念之人在宋地。　5.即舠,指小舟。这里指用小舟无法到达。　6.晨间。

卫地处黄河之北,宋地处黄河之南。诗中所思之人是河彼岸的宋人,乘一叶苇舟一朝即可横渡至那人所在的地方。世间之人皆道宋地遥远,但对于深沉思念的人,不会去管道途的远近。

邶是比卫更为北面的国家。此地的恋爱诗里也可以看到川渡的表现。《匏有苦叶》是诗意难解的一篇,其中亦歌咏到川渡:

匏[1]有苦叶　济有深涉

深则厉[2]　浅则揭[3]　第一章

雝雝[4]鸣雁　旭日始旦

士如归妻　迨冰未泮　第三章

招招[5]舟子[6]　人涉卬否

卬涉卬否　卬须我友　第四章

1.葫芦。在秋天叶子会变得苦涩。　2.及腰深的水需要横渡。　3.撩起下摆。　4.清晨大雁的悲鸣之声。　5.召唤客人貌。　6.船头。

第一章的首句是为引起次句形式的表达。此诗大意或许是说:鸿雁鸣叫不停的冬日,冰雪未消的严冬之时,正是举办婚礼的季节。

但那人尚未有佳音传来。舟人催促，人们开始渡川。但我还只能等待。川渡里常见"乘舟"之语。《邶风·二子乘舟》也是这样的一篇优美之作：

> 二子乘舟　泛泛[1]其景
> 愿言思子[2]　中心养养[3]　第一章
> 1. 舟飘荡貌。　2. 指自己思念之人。　3. 指心中的忧愁未得纾解。

舟中二子与所歌之人究竟是何关系，已不能知晓。可能是哀叹自己所思之人要嫁与他人的诗。与邶、卫同属殷之畿内的《鄘风》之中有《柏舟》一篇，也是歌咏悲恋的诗歌：

> 泛彼柏舟[1]　在彼中河
> 髧彼[2]两髦[3]　实维我仪[4]
> 之死矢靡它[5]
> 母也天只　不谅人只[6]　第一章
> 泛彼柏舟　在彼河侧
> 髧彼两髦　实维我特[7]
> 之死矢靡慝
> 母也天只　不谅人只　第二章
> 1. 柏木等抗水之木所作的舟。　2. 角发下垂貌。指思念之人。　3. 角发。年轻男子的发型。　4. 心中确定的对象。　5. 其他男子。　6. 不相信我。　7. 同"仪"，指男子。

于川流中起伏飘荡的柏舟，与川渡同样是引发思慕之情的恋爱诗表达。虽然心仪的对象还是个留着角发的少年郎，但女子此心已认定是他，誓死不愿嫁与他人。可是这心里的誓言，却不为亲人所认同。《二子乘舟》与《柏舟》之中，都有以逝去的舟影寄托思慕的表达，也许是古代水神祭祀之歌的残留，至此时尚未断绝。

在《郑风》的川渡之歌中，更多强调了融洽戏弄的气氛。如《褰裳》一诗：

> 子[1]惠思[2]我　褰裳[3]涉溱[4]
>
> 子不我思　岂无他人
>
> 狂童[5]之狂也且　第一章
>
> 子惠思我　褰裳涉洧
>
> 子不我思　岂无他士
>
> 狂童之狂也且　第二章
>
> 1.女子称呼男子。　2."惠"即指爱。　3.撩起下摆。　4.河名。见于《郑风》。　5.嘲讽之语，类似说癫狂没用的男人。

由溱、洧等川名来看，应与举行歌垣的《郑风·溱洧》是同一场所。或许此诗也属歌垣之歌。深水处揭衣，浅濑处褰裳，涉水而过。真心喜欢的话，过来就是。男人又非只你一人。这一段酣畅淋漓的责骂，想来被责骂的应是相当亲近的人。

《郑风》多密会之诗。其中应该也有与溱、洧以及东门歌垣有关的诗歌。东门平时或许也会作为约会的场所。以"青衿"之语闻名的《子衿》一诗中歌道：

青青子衿[1]　悠悠我心[2]

纵我不往　子宁不嗣音[3]　第一章

青青子佩[4]　悠悠我思

纵我不往　子宁不来　第二章

挑兮达兮[5]　在城阙兮[6]

一日不见　如三月兮　第三章

1.父母尚在的年轻人，会在衣襟上缀以青色的衣缘。　2.指忧思不绝。　3.音讯。　4.佩玉的青色组纽。　5.盼求良人归来，四处踱步。　6.城门的角楼。是为密会的场所。

诗中描述了思慕那着青色之衿、青色玉佩的良人，百无聊赖的情思。此外，还有男子偷偷到女子家中的诗。《将仲子》一诗：

将仲子[1]兮　无逾我里[2]

无折我树杞[3]

岂敢爱之　畏我父母

仲可怀也[4]

父母之言　亦可畏也　第一章

将仲子兮　无逾我墙[5]

无折我树桑

岂敢爱之　畏我诸兄[6]

仲可怀也

诸兄之言　亦可畏也　第二章

1.次子，是为亲切的称呼。　2.家所在的地方。　3.生长在墙角的树木。 4.虽然次子也很可爱,但是……。 5.篱笆。 6.在家中的年长男子。

偷偷而来的男子甚是可爱,生怕被女子的家人发现。而女子却进退两难,坐立不安。此歌就是歌咏女子情感心路之诗。

这类诗篇亦多见于其他的《国风》之中,描写等待爱人之诗多为美妙的佳作。如《邶风·静女》《齐风·著》《唐风·椒聊》等,都表现了民谣之中的和谐之美。

静女[1]其姝　俟我于城隅
爱而不见[2]　搔首[3]踟蹰[4]　第一章
静女其娈　贻我彤管[5]
彤管有炜[6]　说怿女美[7]　第二章
自牧[8]归荑　洵美且异
匪女之为美　美人之贻　第三章

1.或指盛装的女子。 2.看不清,看不分明。 3.等人时百无聊赖的动作。 4.来回走。 5.丹漆之管。 6.耀眼的红色。 7.心中喜悦。 8.牧场。赠草有为对方振魂的意味。

此为《静女》一诗。第一章是写等待男子的女子之姿。从第二章往后是男子的歌,写由女子得到涂丹的管与荑,对她的关心表示喜悦。彤管究竟为何物,已不能尽知。在以提倡古典再批判的顾颉刚为中心的疑古派学者之间,对此问题曾有所讨论;在其论文集《古史辨》(第三册)中收录了相关的论文,但并未得出确切的结论。如果说赠荑有振魂意味的话,彤管也应该是带有此种意味的赠物吧。

在《齐风·著》中，等待的是女子。男子到她的家里来：

俟我于著[1]乎而　充耳[2]以素乎而

尚之以琼华[3]乎而　第一章

俟我于庭乎而　充耳以青乎而

尚之以琼莹[4]乎而　第二章

1.门的内侧。　2.用作耳饰的玉，系以白色的丝为装饰。　3、4.皆为美玉。

此诗为三章叠咏。各句末用助词"乎而"，是一首轻快优美的诗歌。

《唐风·椒聊》是失恋之歌，或是哀叹自己得不到的爱情：

椒聊[1]之实　蕃衍[2]盈升[3]

彼其之子　硕大[4]无朋[5]

椒聊且　远条且　第一章

椒聊之实　蕃衍盈匊[6]

彼其之子　硕大且笃[7]

椒聊且　远条且　第二章

1.花椒。　2.结出充沛的果实。　3.满一升。　4.美好的体形。　5.没有能与其相比的。6.两手合掬。　7.心地敦厚的人格。

"彼其之子"一句，在《诗经》之中所见共有五处，皆为恋爱诗。所以在此诗中，也应如此解读。椒实盛满器皿，原本就是祝颂之语。但结实的表现，在日本是指爱情成就之意。那些果实累累的秀枝，是手不可及的。"椒聊且　远条且"这种章末叠句，有着类似咏叹的凄凉悲鸣。"无朋"或者是指没有爱人之意，那么"笃"就是"特（一人）"的意思吧。

对于他人的思念之心，往往表现在暗中。古代的人们相信，人心会化作云、化作雨、化作雾，在自然现象当中表现出来。

　　君行日已远　宿于海边滩　但见有雾生　知我立叹息　《万叶集》十五·三五八〇

　　（君が行く海辺の宿に霧立たば我が立ち嘆く息と知りませ）

　　旅人衣无干　又逢春雨至　想来家中人　为使催归期　《万叶集》九·一六九八

　　（あぶり干す人もあれやも家人の春雨すらを真使ひにする）

像这样的表达，相信自然会与人处于相同的心情之下，在古代人看来是极为平常的。

所爱的女人抛弃了自己，嫁与他人。男子怒斥其为淫乱之女，这种感情类似下面的歌咏：

　　蝃蝀[1]在东　莫之敢指[2]
　　女子有行[3]　远父母兄弟　第一章
　　朝隮[4]于西　崇朝[5]其雨
　　女子有行　远兄弟父母　第二章
　　乃如之人也　怀昏姻也
　　大无信也　不知命也　第三章

1. 虹。 2. 迷信认为，以手指虹会遇到灾祸。 3. 女人定下嫁给他人。 4. 早晨的彩虹。 5. 早晨时。

此为《鄘风·螮蝀》一诗。虹是不吉之物，因其据称阴阳紊乱时才会出现。这里出现了彩虹，正是女子怀有淫乱感情的佐证。女子注定要离开家族嫁与他人；但这女子忙着结婚，只因情欲的缘故。她抛弃了约定，也忘记了当初所选的道路。

风雨不顺，或者也含有对情欲的联想。《卫风·伯兮》歌咏的是对于王之前驱武人的思慕，第二章以后歌曰：

自伯[1]之东　首如飞蓬[2]
岂无膏沐[3]　谁适[4]为容[5]　第二章
其雨其雨　杲杲[6]出日
愿言思伯　甘心首疾[7]　第三章
焉得谖草　言树之背
愿言思伯　使我心痗　第四章

1. 年长的男子。此处或指丈夫。 2. 杂乱的蓬草。指头发杂乱。 3. 保养头发。敷油，然后用米汤洗。 4. 对方。 5. 打扮。 6. 明亮貌。 7. 胸塞头痛。

思念的男子出使到遥远的东方，女子因为忧愁散乱了头发。杂乱的头发，表示对旅人爱情的衰减。虽有膏沐之资，但主人不在也无可奈何啊。"其雨"的祈愿，与《万叶集》的"又逢春雨至　想来家中人　为使催归期"（参见本书99页），当是同样的表达方式。雨滴落下，是男子爱情的明证；但现在却依然艳阳高照。女子悲伤之余,在庭院中种下了萱草,以图将这些忧愁忘却。

雨是爱人间表达爱情的使者,但猛烈的风雨也会使人产生不安的情绪:

> 风雨凄凄[1]　鸡鸣喈喈[2]
>
> 既见君子　云胡不夷　第一章
>
> 风雨潇潇[3]　鸡鸣胶胶[4]
>
> 既见君子　云胡不瘳　第二章
>
> 1.冰冷地呼啸。　2.惊恐骚动地啼叫。　3.猛烈地回旋吹。　4.惊恐地尖叫。

《郑风·风雨》一诗。狂风骤雨之中鸡的啼叫,是表示感情动摇的表现方式。这应是相当于"未见君子"的状态。因之下承"既见君子"之句,便是歌咏安心的感情。在鸟兽的状态之中,也可以产生对于冲动与欲望的联想:

> 有狐绥绥[1]　在彼淇梁[2]
>
> 心之忧矣　之子[3]无裳[4]　第一章
>
> 有狐绥绥　在彼淇厉[5]
>
> 心之忧矣　之子无带　第二章
>
> 1.有所求而徘徊貌。　2.淇水之鱼梁。　3.诗中多指女子。　4.裙裤。　5.可以涉水的浅濑。

此为《卫风·有狐》。狐到处都被当作妖媚之兽,此处用来比喻小心警戒的男子。这里的女子未免不够检点,不着下裳,也不系下带。这种民谣歌咏的背景已不得而知,由诗中提到的淇水来看,大抵是歌垣之歌。川边的歌垣,会伴以祓禊的行事。

《邶风·北风》歌咏的是男女相携潜逃而出,充满戏弄的气氛,用狐与乌比喻男女:

> 北风其凉　雨雪其雱[1]
>
> 惠而好我[2]　携手同行
>
> 其虚其邪[3]　既亟[4]只且　第一章
>
> 北风其喈[5]　雨雪其霏[6]
>
> 惠而好我　携手同归
>
> 其虚其邪　既亟只且　第二章
>
> 莫赤匪狐[7]　莫黑匪乌
>
> 惠而好我　携手同车
>
> 其虚其邪　既亟只且　第三章

1. 雪降盛大貌。　2. 若是温柔地爱我的话。　3. 静静地,悄悄地。或是拟声词。　4. 喂,快点儿吧。　5. 严寒。　6. 降雪不止貌。　7. 红色的一定是狐狸。

此处的风雪成为一种刺激性的暗示。在风雪之中,趁人不注意之时出走。章末的叠句,是表达静静地、悄悄地、快一点儿这样的氛围。赤色的是狐,黑色的是乌,是对这对不好惹的恋人的戏弄之语。

在民谣的世界中,连密会时的悄悄话也不可泄漏出去。《鄘风·墙有茨》歌曰:

第三章 诗篇的展开与恋爱诗

墙有茨　不可扫也

中冓之言[1]　不可道也[2]

所可道也　言之丑也　第一章

墙有茨　不可襄[3]也

中冓之言　不可详也[4]

所可详也　言之长也　第二章

墙有茨　不可束[5]也

中冓之言　不可读也[6]

所可读也　言之辱也　第三章

1. 密室里的悄悄话。　2. 难以说出口。　3. 除掉。　4. 难以详细说出。　5. 捆起除掉。　6. 指抬起。

因"中冓"在诗篇中的语例与"冓中"相同，所以中冓之言可以解作密室中的悄悄话。民谣本来就是游戏世间之物。《万叶集》之中：

可鸡山草木　足没我脚踝　绊我行多缓　割草且辞还　《万叶集》十四·三四三二

（足柄の吾を可鶏山の穀の木の吾をかづさねも穀割かずとも）

插秧入田中　偶见小水葱　夹花于衣褶　怜爱此奈何　《万叶集》十四·三五七六

（苗代の小水葱が花を衣に摺り馴るるまにまにあぜか愛しけ）

戏弄的程度仅此而已。"かづさねも"是为引诱之意，"馴るるまにまに"更重相熟亲切之感。在那个时代中，古代戏弄的歌谣，

比如《古事记》卷九、《日本书纪》卷七调侃对前妻与后妻爱情不一的"在宇陀高城我张着田鹬的网"[1]等歌，已经作为久米歌，成为神事性质的歌舞。在日本，民谣性的戏弄世界得以广泛歌咏，是到很晚的时代才出现。而《诗经》之中，这类诗歌亦唯在亡殷之地的郑、卫尤多。孔子对于多有戏弄之诗的"郑声"（参见本书119页）的厌恶之感，见于《论语·卫灵公》一篇之中。这些地域本是文化上最为先进之地，又总被亡国的悲运所萦绕。在此地，这些诗歌已经历史悠久，是颓废而熟透的文化所形成的积淀。

---

[1] 《古事记》，周作人译，前引书，73页。按此为神武天皇所作歌（为久米歌之一），歌中有"前妻如来要看馔，扇骨木的实似的少给她吧。后妻如来要看馔，柃树的实似的多给她吧"。——编者

第四章

社会与生活

婚礼之歌

可以说，妇人的生活是从结婚开始的。《小雅·斯干》篇是新室祝贺之歌，其中歌咏了出生之时的仪礼。占梦之中，梦到熊与罴是生男之兆，梦到虺蛇等蛇类是生女的祥兆。其仪礼如以下所歌：

乃生男子　载寝之床[1]

载衣之裳　载弄之璋[2]

其泣喤喤[3]　朱芾[4]斯皇

室家君王[5]　第八章

乃生女子　载寝之地

载衣之裼[6]　载弄之瓦[7]

无非[8]无仪　唯酒食是议[9]

无父母诒罹　第九章

1. 即床。　2. 纵长形的玉。　3. 出生时的声音。拟声词。　4. 红色膝毯，用作礼服。　5. 堪称此家之主的人。　6. 指产衣。　7. 以土制成的物品。　8. "斐"的假借字。没有特别的装饰。　9. 准备聊表心意的贺宴。

从出生时的待遇，就显出男女之别。但此以男承天之气、女承地之气的阴阳原理为基础来考量，在原本的待遇上应该没有差别。但在该诗作成的时代，贵族社会中的家父长制已经确立，这一点需要多加考虑。在那个时代，妇女出嫁之后，才开始在氏族内部与社会当中，均成为占据重要地位的成员。因之，不妨说妇人的结婚算得上社会意义的出生，结婚时女子才是主要角色。

祝颂之歌中最广为人知的，当属《周南·桃夭》一篇：

> 桃之夭夭[1] 灼灼[2]其华
>
> 之子[3]于归 宜其室家[4] 第一章
>
> 桃之夭夭 有蕡[5]其实
>
> 之子于归 宜其家室 第二章
>
> 桃之夭夭 其叶蓁蓁[6]
>
> 之子于归 宜其家人 第三章

1.青嫩柔软貌。 2.闪亮美好貌。 3.指要出嫁的人。 4.适合做妻子。"家室""家人"同。 5.浑圆膨胀。 6.树叶繁茂貌。

以桃作为对美丽妇人的联想，不妨进一步考量一下。同为祝颂新婚的《召南·何彼襛矣》之中，有"唐棣之华"与"华如桃李"之句，都是将绚烂美丽的花朵用以祝颂的表达。只不过，古来桃亦被作为咒物而得尊崇。咒杖即用桃木制成，在驱除邪恶时也进行用桃弧棘矢（桃木作弓，枣木作矢）射向四方的仪礼。所以桃除了其花美艳之外，作为祝颂诗最必要的条件，是桃树带有的咒诵灵力，此诗的重点应即在于这里。对桃的歌咏不限于花，

亦有果实和桃叶,这或有为了押韵的缘故;而祝颂诗的主题选定为桃,也是深有意味。日本则有歌曰:

　　我家有毛桃　枝繁花亦茂　奈何树虽好　终未结成果　《万叶集》七·一三五八

　　(はしきやし吾家の毛桃本茂く花のみ咲きて成らざあらめやも)

"成る"一词,在这里有着成就的意思。

《召南》之中婚礼的祝颂诗共有两首,前文所举《何彼襛矣》的第三章中有:

　　其钓[1] 维何　维丝伊缗[2]
　　齐侯之子　平王之孙
　　1. 钓丝。　2. 以丝线搓成钓丝。

又加上了对钓鱼的场景的表达。同样在《鹊巢》中歌曰:

　　维鹊有巢[1]　维鸠居之
　　之子于归　百两[2]御之　第一章
　　维鹊有巢　维鸠方[3]之
　　之子于归　百两将之[4]　第二章
　　1. 鸠住在喜鹊的窝里。结婚之兴。　2. 百辆之车。指丈夫迎接妻子的迎接之礼。　3. 同"房"。所居之室。　4. 伴随而去。

表现擅长作巢的鹊,做好的巢却迎来了鸠鸟,是为歌咏婚礼之诗。

《曹风·鸤鸠》也是祝颂诗，也用鸤鸠比喻妇女：

  鸤鸠¹在桑　其子七兮
  淑人君子²　其仪一兮³
  其仪一兮　心如结兮　第一章
  鸤鸠在桑　其子在榛
  淑人君子　正是国人⁴
  正是国人　胡不万年⁵　第四章

  1. 山斑鸠。　2. 佳人及其丈夫。指新婚夫妻。　3. 其优秀方面非常相似。　4. 亦能治好国中之人。　5. 长久。祝颂之语。

  正确的夫妻生活是政治的根本所在，此诗就蕴含了这种齐家治国的思想。西周时期的金文即有数例祭器，其中夫妻名字联署，来告祭祖先其爱情的忠贞。妇人在氏族内部所占据的地位之高，可由此遗留下来的器具得知。

  如前文所举钓鱼的表达，其例尚有很多。如《齐风·敝笱》中有云：

  敝笱¹在梁　其鱼鲂鳏²
  齐子³归止　其从如云⁴　第一章

  1. 挂在鱼梁上破损的竹器。以鱼为兴，用于结婚的表达。　2. 河鱼名。　3. 齐之姬君。　4. 指从者众多。

  此诗为三章叠咏。各章列举不同的鱼名，末句歌以"其从如雨""其从如水"，这里的"云""雨""水"，都是有着联想意味的词语。

还有如《豳风·九罭》这样诗意已不能尽知的诗歌：

> 九罭[1]之鱼　鳟鲂[2]
>
> 我觏之子　衮衣绣裳[3]　第一章
>
> 1.网眼细密的网。　2.河鱼名。　3.身份很高的人的礼服。

或是庆祝高贵婚礼的诗歌。鱼的表达在恋爱诗里也有很多，《卫风·竹竿》即歌曰：

> 籊籊竹竿[1]　以钓于淇[2]
>
> 岂不尔思　远莫致之[3]　第一章
>
> 泉源[4]在左　淇水在右
>
> 女子有行[5]　远兄弟父母　第二章
>
> 1.纤细的钓竿。　2.河名。　3.因遥远，思念之情无法传达。　4.河名。泉水的源头。泉、淇皆为出嫁的路线。　5.指女人当嫁。

第一章描写男子，第二章描写将所思男子抛弃后嫁给他人的女子的悲哀。"行"一词的语感有如"命运"。末章有"驾言出游　以写我忧"，歌咏男子漫无目的地驱车出游，以求忘却悲伤。此为哀叹失去女子的失意之诗，在第一章中亦有"钓"一词。前面说过，《陈风·衡门》（参见本书 30 页）与《曹风·候人》（参见本书 56—57 页）之中，以食鱼的表现方式，来暗示与女性的交往。如同小雅的《南有嘉鱼》与《鱼藻》等祭事诗中在与祖灵的关系当中表现的那样，鱼与水可能都是代指与女性关系之语；这种关联性，是残留未解的民俗学课题。

结婚是要受到祝福的。然而送去祝福之际，因为立场不同，就会有人寂寥，有人悲哀：

良人赠我玉　但使还其主　君且切莫忧　与我共枕眠　《万叶集》四·六五二

（玉守に玉は授けてかつがつも枕と我れはいざふたり寝む）

如此的宽广之心，则很少能见到。《邶风·燕燕》中有：

燕燕[1]于飞　差池[2]其羽

之子于归　远送于野

瞻望[3]弗及　泣涕如雨　第一章

燕燕于飞　下上[4]其音

之子于归　远送于南

瞻望弗及　实劳[5]我心　第三章

1.即燕子。　2.振羽貌。　3.凝望远方的身影。　4.高低鸣叫。　5.觉得悲哀难过。

此为送嫁之时的心情。但是即便这样祝福之后满心怜惜地回来，也未见得大家都能得到幸福。

雄雉于飞　泄泄[1]其羽

我之怀矣[2]　自诒伊阻[3]　第一章

雄雉于飞　下上其音

展⁴矣君子　实劳我心　第二章

百尔君子⁵　不知德行⁶

不忮不求⁷　何用不臧⁸　第四章

1. 慢慢振翅飞。指轻薄男子得意的神态。　2. 我心所招致。　3. 指被遗弃的悲哀。　4. 怀着真心，可是……。　5. 指所有男人。　6. 体贴女人。　7. 不嫉妒也不强迫。　8. 为什么不叫人满意。

此为《邶风·雄雉》。其歌咏的句法与《燕燕》很相似。燕子是婚姻之神——郊禖——的使者，雄雉则多用来表示放浪不羁的男子。《邶风》之中这种类型的诗歌有很多，如《柏舟》《日月》《终风》《谷风》等。如《柏舟》歌曰：

泛¹彼柏舟²　亦泛其流

耿耿不寐³　如有隐忧⁴

微我无酒　以敖⁵以游　第一章

日居月诸　胡迭而微⁶

心之忧矣　如匪澣衣⁷

静言思之⁸　不能奋飞⁹　第五章

1. 在水流中漂荡。　2. 以柏木做成的船。　3. 眼睛闪亮貌。　4. 隐藏的悲哀。　5. 使内心平静。　6. 日食、月食。连日月也经常不安定。　7. 微脏的衣服象征不幸。　8. 独自思考。　9. 不能像鸟儿一样逃离这悲哀。

省略的三章之中，歌咏的是在大量敌意之中对不堪往事的哀叹和愤恨。如"我心匪石　不可转也　我心匪席　不可卷也"（第三章）一样，表示了女子悲切的决然之意。"不可转也"与"不可卷也"等语，有言明不再会做男子的玩物之意。

弃妇之叹

歌咏女性不幸的诗歌中，很多如《终风》《谷风》这样以"风"为名。特别是《谷风》，在《邶风》与《小雅》之中共有两首同名之诗，都是歌咏弃妇的哀叹之诗。"风"在此二诗中分别被赋予了吉凶特性。《邶风·谷风》歌曰：

> 习习[1]谷风　以阴以雨
> 黾勉[2]同心　不宜有怒
> 采葑采菲[3]　无以下体[4]
> 德音莫违[5]　及尔同死[6]　第一章

1. 清清吹拂的风。　2. 勤勉做事。　3. 芜菁、萝卜之类。　4. 根。剩下根部。不应因小事牺牲全体。　5. 若男人的爱情不变的话。　6. 与你至死成为夫妻。

起首二句是对于命运的暗示，第五、六句是说夫妻之间的感情不该被小事破坏。女子的心愿是，若男子还没失去爱情，宁愿至死和他生活在一起。

> 行道迟迟[1]　中心有违[2]
> 不远[3]伊迩　薄送我畿[4]
> 谁谓荼[5]苦　其甘如荠
> 宴尔新婚　如兄如弟[6]　第二章

1. 离开的步履沉重。　2. 同"心中"。指出于无奈。　3. 家在不远处。　4. 家门内。　5. 苦菜，苦荬。味苦的野草。　6. 指男女的爱情。

但婚姻很快破裂，女子被送回家去。她步履沉重，失去的爱情难以恢复。人都说荼苦，但与这种苦涩相较，却如荠菜般甘甜。男子已经结识了新的一个女子，他们亲密得如孪生兄弟一般。

泾以渭[1]浊　湜湜其沚[2]
宴尔新昏　不我屑以[3]
毋逝我梁[4]　毋发我笱[5]
我躬不阅　遑恤我后　第三章

1. 皆为陕西省河名。浊水和清水。　2. 在岸边变得清澈。　3. 不满意与我生活。　4. 鱼梁。以石阻塞之处。　5. 竹篓。捕捞鱼梁之鱼的竹器。

平和的生活因为新来女人的出现而被打乱。因生活琐碎而憔悴的糟糠之妻被赶走，新来的女子抢占了自己辛苦劳作的全部成果。因之最后接续了"毋逝我梁"以下四句。这种表现可以视为弃妇之诗的定型，在《小雅·小弁》之中也可看到。

《小弁》是一首颇为难解的诗歌。在《孟子·告子下》中，提及就这首诗，孟子与一位叫高子的学者见解的不同。对于此诗的解释，自古以来即众说纷纭，但都肯定此为弃妇之诗。首章中有"民莫不穀　我独于罹　何辜于天　我罪伊何　心之忧矣　云如之何"之语，哀叹与他人的幸福相反，自己何罪之有，乃遭此不幸。在第四章则有"譬彼舟流　不知所届　心之忧矣　不遑假寐"，是将自身比喻成漂浮的小舟，歌咏了难以间或假寐的深远忧伤。由于是贵族社会之诗，此诗通篇未见嘲讽谩骂之语，末章的结尾歌曰：

莫高匪山　莫浚匪泉¹

君子²无易由言³　耳属于垣⁴

无逝我梁　无发我笱

我躬不阅　遑恤我后

1.高的是山，深的是泉。秩序的原理如此皆为注定。是悲叹失去秩序的表达。　2.指抛弃自己的丈夫。　3.约定之言。　4.即便隐藏起来，也会很快被人知道。

想必这条山梁上的渔猎权，是名为"寡妇之笱"的一种遗留份额，连同拾捡落穗一起作为寡妇生活的保障，但已不知其详情了。无论如何，此诗被定为弃妇之诗，当属无误。因属《小雅》，故冠名为《小弁》，可见在别的部分或许也有这类的诗歌。

还有《小雅·谷风》也是歌咏破镜之叹的诗歌：

习习¹谷风　维风及雨

将恐将惧²　维予与女

将安将乐³　女转弃予　第一章

习习谷风　维山崔嵬⁴

无草不死　无木不萎⁵

忘我大德⁶　思我小怨⁷　第三章

1.微微吹拂的风。　2.劳苦度日。　3.指总算感到快乐。　4.山势险峻。　5.草木皆会枯萎。　6.献身侍奉的爱情。　7.记恨微小的怨恨。

习习吹拂的谷风，带来令人厌恶的不幸。这两人曾于辛劳之中同受甘苦，然而因为些微小事，也遭受破镜之叹。草木的枯萎，便是不幸的预兆。恐怕这样不幸而哭泣的妇人，在那个古老时代会有很多吧。由于处在家族制度森严的时代，想必绝非只有爱情的问题而已。在西周期的钟鼎铭文上，推测记有夫妻之名的部分，有些只有妻子的名字被削掉。因为钟为祭器，或许因为什么不幸，妻子的名字才会被削掉吧。

即便受到祝福而缔结的婚姻，也会存在不幸的阴影。更何况不顾周遭反对、执意而为的女子，其命运更是难免危险丛生。《国风》中唯一的叙事诗——《卫风·氓》，即歌咏了这样女子的命运：

> 氓[1]之蚩蚩[2]　抱布[3]贸丝
> 匪来贸丝　来即我谋[4]
> 送子[5]涉淇[6]　至于顿丘[7]
> 匪我愆期[8]　子无良媒[9]
> 将子无怒　秋以为期　第一章

1. 行脚商人。　2. 兴高采烈，像是很有诚意的样子。　3. 织品。来用织品与丝进行交换。　4. 一起商量。　5. 指女方讲男人。　6. 河名。　7. 地名。　8. 故意拖延结婚时间。　9. 适当的媒人。

行脚商人抱着纺织品，来村里换丝。这男人往来频繁，目的倒不是买丝，他千方百计劝说我，是要把我带出去。被他的甜言蜜语诱惑，我全然忘乎所以，涉过淇水，目送男人行至顿丘。男人问：还没准备好离家么？女子说：你还没有合适的媒人来说媒啊。男人面露愠色，女子呜咽抽泣，请男人无论如何要忍耐一下，许诺会在秋天一起离开。

第二章里,接着写到女子等待男人时的心情,男子占卜的结果也是吉兆。女子欢喜雀跃,说:让你的车来带走我吧,我会带上一切用具随你离开的。这样商量已毕离家出走,很快就出现了裂痕。

  桑之未落 其叶沃若[1]
  于嗟鸠兮 无食桑葚[2]
  于嗟女兮 无与士耽
  士之耽兮 犹可说也
  女之耽兮 不可说也 第三章
  桑之落矣 其黄而陨
  自我徂尔 三岁食贫
  淇水汤汤[3] 渐车帷裳[4]
  女也不爽 士贰其行[5]
  士也罔极[6] 二三其德[7] 第四章

1. 柔软新鲜。 2. 指男女之娱。 3. 水流盛大貌。 4. 围着妇人之车的布。回想嫁到男子身边时的情景。 5. 抛弃约定。 6. 不道德。 7. 变心。

陶醉于啖食桑实的暂时之乐,没有比这更危险的了。男人还可以重新来过,女子则是不可能的。我心未变,男人却抛弃了以前的承诺。

从第三章往下,讲述女子三年的辛苦劳作化为泡影,现在有家难回,回家必会遭到兄弟的挖苦嘲笑。"静言思之 躬自悼矣",唯有悲悼自己当年的轻率。所以在末章带着无法平息的悔恨，歌咏着这样的叹息：

> 及尔偕老[1]　老使我怨
>
> 淇则有岸[2]　隰则有泮
>
> 总角[3]之宴　言笑[4]晏晏[5]
>
> 信誓[6]旦旦[7]　不思其反
>
> 反是不思　亦已焉哉

1.希望一起白头到老。　2.河有岸，指存在的秩序。引出自己与其相反的命运之表达。　3.结发时的天真少女。　4.快乐地交谈。　5.温情而快乐。　6.约定将来。　7.充满真心。

偕老之愿已然成空，盛年已过的被弃女子，哀叹飘零的前途，回想起总角时相互亲近的年轻时光，或许也回想起与男子的初见之欢。如今一切皆已成空。

殷灭之以后，从属于王室与贵族的那些具有生产技能的生产者，有的隶属于新的支配者，有的则去谋求别的生活之路。郑、卫之地，应该多见通过交易生产品以求活路之人，其中便出现了行脚商。氏族的封闭性已经打破，外乡人开始时常出入村庄，这样的悲剧应是屡见不鲜的。民谣之中有此种诗篇残留下来，见于被称为"郑卫之音"（《礼记·乐记》）的颓废歌谣流行之地，是再自然不过的了。

贫穷问答

《小雅·大东》虽属《小雅》，但却是临近山东的谭国之诗。

谭是殷亡之后残存的少数子姓国之一，为殷之余民所建立的国家。传为谭国之诗的《大东》中，有对征服国周王朝对于其他氏族统治行为的揭示。这是对周王朝彻底榨取行为的记录。

> 有饛簋飧[1] 有捄棘匕[2]
> 周道如砥 其直如矢[3]
> 君子所履[4] 小人所视[5]
> 睠言顾之 潸焉出涕[6] 第一章
>
> 1.盛在食器里的食物。 2.用柔软屈曲的荆条做成的匙子。 3.以上之物均有圆形。相对即引出笔直的周道。周道亦称周行，为当时贯通东西的干线道路。 4.统治者所走的路。 5.被统治者只能旁观。 6.悲叹其通过此道进行剥削。

食器簋中盛满肉食，用荆条切分而食。在此表达之中，除了将器物的"圆"与周道的"直"进行对比以外，或者也暗示着全诗歌咏的榨取之意。从西方到此东方尽头谭国的周道，如砥石一般平整，如箭矢一般笔直。这是为了统治与榨取所修设的输血通道。在这条路上，统治者得意扬扬地往来穿梭。看到这些，真是怨气冲天，涕泗交流。

> 小东大东 杼柚[1]其空
> 纠纠葛屦[2] 可以履霜
> 佻佻公子[3] 行彼周行
> 既往既来 使我心疚 第二章
>
> 1.织机的机杼和机轴。 2.以葛编成的草鞋，仿佛陷进脚里。 3.得

意的年轻贵族。

于时山东被称为大东,殷之王畿——邶、鄘、卫,被称为小东。当然这都是对于周而言的称呼。谭处于大东与小东之间的位置。每当周人来到此地,连织机上的织品都会全部拿走。尽管百姓穿着破烂的草鞋,踏雪经霜地困苦度日,来自西方的公子哥儿们却在周道上纵车驰骋为乐,持续不断地进行榨取。只要看到他们在此往来,就会使人痛心疾首:

东人之子[1]　职[2]劳不来
西人之子　粲粲[3]衣服
舟人之子[4]　熊罴是裘
私人之子[5]　百僚[6]是试　第四章

1.谭人。　2.一个劲儿地。　3.美好的。　4.周人。　5.农奴。　6.行政上的一切任务。

东人辛苦劳作,却得不到回报。而西人之子却穿着华美的衣服,其部下也都穿着熊皮裘衣。哪怕只是身为徒隶的私人,也都官气十足。

从第五章往后,多采用以星象作比喻的表现。即便于迎候时奉上酒浆,他们却不仅仅想要饮品。即便献上长长的佩饰,他们也没有做出满意的表情。他们早已对受贿习以为常了。天河有光,却为何不照亮如此窘相?织女星徒然往来七周,却对百姓织布毫无帮助。

虽则七襄[1] 不成报章[2]

睆[3]彼牵牛[4] 不以服箱[5]

东有启明[6] 西有长庚[7]

有捄[8]天毕[9] 载施之行[10] 第六章

1. 前章末有"终日七襄"一句，系把织女星的运行比作织布。 2. 以机杼织成图案。 3. 光芒闪亮貌。 4. 牛郎星。徒有牵牛之名，却不拉车。 5. 车箱，装货物的地方。 6. 早晨的亮星，金星。 7. 晚上的亮星，金星。 8. 弯成弓形。 9. 星名。 10. 只是徒然占有位置，一无所用。

织女一向不事劳作，空有牵牛之名的彦星也不拉车厢。东方的启明星、西方的长庚星都是徒有其名，弯曲如毕形的天毕，其形状亦毫无意义。

维南有箕[1] 不可以簸扬[2]

维北有斗[3] 不可以挹酒浆[4]

维南有箕 载翕其舌[5]

维北有斗 西柄之揭[6] 第七章

1. 星名。 2. 徒名为箕星，却不能筛米。 3. 北斗，呈勺形。 4. 酒和饮料。 5. 箕星略呈舌形。 6. 徒有勺柄，不能舀东西。

箕星同样是徒有其名，在其星座的舌部位置，不是垂着两颗小星么？北斗也同样徒负其名，其匕柄形状的星柄，不是仅仅朝着西方翘起么？

在七章当中，后三章完全说的是星象；无法道出的悲哀，只好投向星空。仰望夜空的愤怒悲叹，星星如何才能听到？《万叶集》歌吟天河的星辰，都是视之为美妙物语之星；而在他们眼里，难道仅仅是冷酷命运的宣告者？

这种悲泣残酷命运的诗歌，不仅限于谭国之人。恐怕殷之余民，全都处于同样的状态之下。《邶风·北门》歌曰：

> 出自北门[1]　忧心殷殷[2]
>
> 终窭且贫[3]　莫知我艰
>
> 已焉哉　天实为之
>
> 谓之何哉　第一章
>
> 王事[4]适我　政事[5]一埤益[6]我
>
> 我入自外　室人[7]交徧讁我
>
> 已焉哉　天实为之
>
> 谓之何哉　第二章

1.城北之门。　2.极度忧虑貌。　3.憔悴落魄。　4.王室之命。政治上的负担。　5.租税之类的征收。　6.受到沉重的课收。　7.一族的人们。

据《左传·定公四年》所载，殷的统治所采取的政策，乃是在内部维持其氏族制原则，进而实现总体性的统治。氏族生活全由族长负责。要满足周人的征敛，只能使得族人们牢骚满腹。表面上允许氏族自治，而实际上这种政策使得东方氏族制从内部发生崩溃。王朝的差役越发严苛，征收的赋税也越发繁重。政便是征，指的是从统治地区征缴上来的赋贡。

因负担重税而悲泣者，不仅仅只有这些亡殷余民。其他诸侯国的百姓，也都因贫苦而辛勤劳作。唯有不劳而获之人，才趾高气扬地坐拥不义之财。魏是临近山西河曲的群山之国，亦是物产匮乏之地。于此，也发生了严苛的榨取。《魏风·葛屦》一诗有云：

> 纠纠[1]葛屦　可以履霜
> 掺掺女手[2]　可以缝裳
> 要[3]之襋之　好人服之[4]　第一章
> 好人提提[5]　宛然[6]左辟[7]　佩其象揥[8]
> 维是褊心[9]　是以为刺[10]　第二章

1. 见上文《大东》篇（本书120页）。 2. 女子纤细的手。 3. "腰"之本字。缝缀衣腰和衣领。 4. 有身份富人的衣物。 5. 文静貌。 6. 举止有品位。 7. 避开身体左侧。给人让路时的动作。 8. 贵妇人佩戴的象牙饰品。 9. 心胸狭隘，只顾自己。 10. 以此诗批判这样的奢侈。

《葛屦》之句在《大东》之中亦可看到，应该是当时的成语。经娇弱女子之手辛苦编织而成的衣物，都供给有身份的人穿戴。有身份的人品位不凡，还要把象牙小饰品佩在腰间。为什么要以贫苦之人的牺牲，来极尽自己的奢侈享受？

在这些诗歌中，《伐檀》是颇为优美的一篇。此诗大抵是河水附近的溪谷之中歌咏的樵歌。可是，在这优美的词调之中，所含对榨取者的愤怒却相当严厉。此诗亦属《魏风》。

> 坎坎[1]伐檀兮　寘之河之干兮
> 河水清且涟猗
> 不稼不穑[2]　胡取禾三百廛[3]兮
> 不狩不猎　胡瞻尔庭有县貆[4]兮
> 彼君子兮　不素餐兮[5]　第一章

坎坎伐辐[6]兮　置之河之侧兮

河水清且直猗

不稼不穑　胡取禾三百亿[7]兮

不狩不猎　胡瞻尔庭有县特[8]兮

彼君子兮　不素食兮　第二章

坎坎伐轮[9]兮　置之河之漘兮

河水清且沦猗

不稼不穑　胡取禾三百囷[10]兮

不狩不猎　胡瞻尔庭有县鹑[11]兮

彼君子兮　不素飧[12]兮　第三章

1. 斧子伐木声。　2. 自己不务农耕。　3. 积累的许多谷物。　4. 屋檐挂的獾子。　5. 通常认为指不劳而获，但其实或指宴席吃饱的意思。6. 做车轮中间辐条的树木。　7. 亿，表示谷物量的单位。　8. 特，指大个儿的兽类。　9. 做车轮的树木。　10. 捆包的谷物。　11. 悬挂的鹌鹑。12. 不加配菜。

这首诗的开头，让人想起薄田泣堇①《古镜赋》中的"斧倒白檀，高如香森之散"。此诗变化樵歌的句法，第四句以后转为叠咏，歌咏的形式与主题不再相关联。领主自己不动锹，庭院中却堆满了如山的稻谷；领主自己不出去狩猎，廊下却挂满了猎物。这位领主真是吃得饱啊！"素餐"以后变成指不劳而获的词语，但本意应非如此。此诗若是这样解读，则诗中的乐趣也就消失了。这首美妙的诗一直被人们喜爱，到六朝时还残留的数篇诗之声谱，

---

① 薄田泣堇（1877—1945 年），日本诗人、随笔作家，为明治时期重要诗人。作品包括诗集《暮笛集》《白羊宫》等。——编者

到最后还有声曲传承下来的，唯此一篇而已。

山上忆良也有《贫穷问答之歌》(《万叶集》五·八九二、八九三)。此歌与忆良的其他作品类似，是取中国文学中的素材创作而成的，于今靠诸家的研究已得明证。六朝、隋唐的诗人们常将各种类书置于座右，以为诗文参考之用，忆良应该也是采用了唐人的这种手法。这种暗自引用成文的创作手法本是文人习见，忆良对素材亦应熟知，甚至直接翻译使用。当然，即便是翻译之作，忆良在这样的诗歌创作中也必定有些事实根据。然而诗篇所歌咏的那样深刻的事态，是否适用于当时的日本，还是颇有疑问。至少《万叶集》的歌人，几乎没有因为贫穷而愤怒的情况。总起来说，日本人长久以来都不晓得对贫穷问题产生疑问。到如今，也有很多善良的人并不介意贫乏的生活。而在诗篇的时代，生存处在困难的状态，悲凉与绝望自会引发流离之诗的产生。

旷野漂泊

令民众生活陷入如此的贫乏，必然不会完全归因于榨取。人们还会遭遇更为痛苦之事，诸如战争、征役与防人的征集等。《万叶集》中的防人们雄立于遥远的宫门处，高唱着"受命于君（大君の命かしこみ）"；诗篇中则表现为"王事靡盬"的叹息。整个西周二百数十年，征役几乎未曾断绝；到东迁前后的丧乱时代，更是越演越烈。就连魏这样贫困的土地，防人的征集都不能稍免：

陟彼岵[1]兮　瞻望父兮

父曰嗟予子

行役夙夜² 无已³

上⁴慎旃哉　犹来无止⁵　第一章

陟彼屺⁶兮　瞻望母兮

母曰嗟予季⁷

行役夙夜无寐

上慎旃哉　犹来无弃⁸　第二章

1. 岩山。　2. 从早晨很早到夜里很晚。　3. 休息。　4. "上"同"尚"。　5. 平安归来。　6. 草木覆盖的山。　7. 幺子。　8. 送命。

此为《魏风·陟岵》一诗。役夫登临小山，瞻望故乡。所谓遥望，本是一种振魂的行为。同时，他也想起了父母之言。第三章中举兄长之言，兄长告之以"犹来无死"。防人之叹，累世如一，不由使人想到晶子①之歌"君勿送死"。

王室直辖领地上的人们，亦要服行役。《王风·君子于役》一篇，应是役人妻子的歌谣。

君子于役¹　不知其期²　曷至哉

鸡栖于埘³　日之夕矣　羊牛下来

君子于役　如之何勿思　第一章

君子于役　不日不月⁴　曷其有佸⁵

鸡栖于桀　日之夕矣　羊牛下括

君子于役　苟无饥渴⁶　第二章

---

① 即与谢野晶子（1878—1942年），日本女歌人、作家。——编者

1.外出行役。 2.归期。 3.到了黄昏，都回到该回去的地方。 4.不知哪年哪月。 5.见面之意。 6.如何能不被饥渴折磨。"饥渴"为欲望的隐语。

此诗具有牧歌的氛围，使人联想到后世六朝北地的《敕勒歌》中"风吹草低见牛羊"之句。其悠扬婉转的风格，正像是防人之妻的诗歌；末句的"苟无饥渴"乃是用于恋爱诗的表现，或许即是寂寞空虚之意。行役之诗多有恋爱诗的表达与表现，也见于《小雅》的《采薇》与《出车》；而《秦风·无衣》等作品，也与恋爱诗《唐风·无衣》（参见本书28页）不谋而合。

岂曰无衣　与子同袍[1]

王于兴师[2]　修我戈矛[3]

与子同仇[4]　第一章

岂曰无衣　与子同裳[5]

王于兴师　修我甲兵[6]

与子偕行　第三章

1.棉衣。 2.开始军事行动。 3.武器。长矛、扎枪。 4.妻子称为好仇。亲密的对象。此处指敌人。 5.下衣。裙裤。 6.铠甲和兵器。

此诗旧说视之为战友同僚之歌，其实或许表达的是穿着情人下衣上路的意味。万叶歌人旅行在外，也会穿上女子的下衣。如：

豪雨降通透　湿我下着衣　衣为阿妹赠　念此怎忍弃　《万叶集》七·一〇九一

(通るべく雨はな降りそ我妹子が形見の衣我れ下に着り)

执手拾白菊　取来饰我袖　凭此斋祝告　着衣待相逢　《万叶集》十五·三七七八

(白栲の我が衣手を取り持ちて斎へ我が背子直に逢ふまでに)

诸如此类的歌谣在《万叶集》中非常之多。

于征夫而言，留在家中的父母双亲最令他们忧心。家中失去了劳力，父母该如何生活呢？每念及此，便怀有深深的叹息。

肃肃[1]鸨羽[2]　集于苞栩[3]

王事靡盬　不能蓺稷黍

父母何怙[4]

悠悠苍天[5]　曷其有所[6]　第一章

肃肃鸨翼　集于苞棘[7]

王事靡盬　不能蓺黍稷

父母何食

悠悠苍天　曷其有极[8]　第二章

1. 拍击翅膀凄凉的声音。　2. 野雁。　3. 丛生的栎树。　4. 作为生存的依靠。　5. 辽远的苍天。向上天倾诉之语。　6. 安定的地方。　7. 茂盛的枣棘。　8. 完结。

此为《唐风·鸨羽》一诗。行役之诗中，有很多采用鸟的表达。或许是在古时，会以鸟占等进行预祝吧。这些表现，多有鸟"栖止"在树木或丘陵上的情形。此后这便产生一种意义，即用来对比有似于漂泊的不定命运。

> 緜蛮[1]黄鸟　止于丘阿[2]
> 道之云远　我劳如何
> 饮之[3]食之　教之诲之
> 命彼后车　谓之载之　第一章

1.指小鸟羽毛美丽。　2.山坡的一角。　3.以下可解作对待士兵之语。

此为《小雅·緜蛮》。诗中的"饮食"是否按字面意思来理解，是存在疑问的。"饮食"之语，多隐含着男女之情。

行役会需要漫长的时间。譬如进行筑城等劳役，都不是短时间内可以完成的。《小雅·黍苗》就是歌咏谢地筑城之诗：

> 芃芃[1]黍苗　阴雨膏之
> 悠悠南行　召伯[2]劳之　第一章
> 我任我辇　我车我牛[3]
> 我行[4]既集　盖云归哉　第二章
> 肃肃[5]谢功[6]　召伯营之
> 烈烈[7]征师　召伯成之　第四章

1.谷穗伸长貌。　2.召伯虎。宣王时人。　3.背负的器具和推车。与车、牛均为搬运资材之用。　4.指行役。　5.艰苦的工作。　6.谢地的筑城工事。谢在今天河南信阳。　7.武威盛大貌。

谢地处于河南西南，是洛阳以南第一要地。在此筑城，姜姓四国之一申伯迁居于此，《大雅·崧高》中详尽歌咏了此事，由此诗可得知当时封建的实际情况。筑城是在召伯的指挥下进行的。召伯虎可见于西周宣王期的金文；在《大雅·江汉》之中，他是对江淮诸夷作战时的将领。此地本是召氏自古以来的居住地，《召南·甘棠》中出现的召伯也是此人。

在《小雅》的最后，录有《何草不黄》一篇。自《渐渐之石》而下再加之《苕之华》，此三篇都描写行役之苦。《何草不黄》是其中最为悲凉的一首：

> 何草不黄[1]　何日不行[2]
> 何人不将[3]　经营四方　第一章
> 何草不玄[4]　何人不矜[5]
> 哀我征夫　独为匪民[6]　第二章
> 匪兕[7]匪虎　率彼旷野
> 哀我征夫　朝夕[8]不暇　第三章
> 有芃者[9]狐　率彼幽草[10]
> 有栈之车[11]　行彼周道　第四章

1. 枯黄。 2. 不断行役。 3. 履行使命。 4. 枯黑。 5. 自伤自怜。 6. 受不到如常人一样的对待。 7. 独角犀。 8. 早晚工作。指在家侍奉父母。 9. 长尾的兽类。指狐狸。 10. 茂密幽深的草原。 11. 粗糙的行役用车，以竹木编成。

"匪兕匪虎　率彼旷野"一句，是孔子周游列国受到包围，即所谓陈蔡之厄，喟叹"吾道非邪，吾何为于此"（《史记·孔子世家》）时吟诵的诗句。不知何时才能结束的行役之中，人们怀抱着漂泊之感，将自身的命运比拟为荒野上彷徨的野兽。

流离之诗

豳曾是周之大王率领族人经营的农耕社会,在其孙文王之时即巩固为霸业的基础。周的创业于此时代已经准备就绪。《七月》中所见的社会,仍然残留着很强的氏族特性。本诗属融汇农事历而作的长诗,从此诗的历法来看,应为夏代所施行的夏历。可见,从上古之时开始,就有此种农事历形式的歌谣传承了。

《七月》一篇中出现的月份名,从四月开始到十月为止,此外还有所谓一之日、二之日、三之日、四之日,相当于十一月到二月。一之日,寒风吹;二之日,严寒至。三之日,备农耕;四之日,始耕种。此时妇女孩童会在南亩(南向的农场)进行农祭,向田神进奉食物。到了春天,女子们采摘桑叶、采摘野草,恰为歌咏"女心伤悲 殆及公子同归"(参见本书89页)之时。到八月,她们织丝染色,做成衣裳,此为歌咏"我朱孔阳 为公子裳"(参见本书89页)之际。村女所关心的,往往集中在王孙公子的身上。

男人们于冬日里进行狩猎,猎得的最好猎物要献与公卿。生活是契合季节的节奏而进行的。

> 五月斯螽[1]动股 六月莎鸡振羽[2]
> 七月在野 八月在宇
> 九月在户[3] 十月蟋蟀[4]入我床下
> 穹窒[5]熏鼠 塞向墐户[6]
> 嗟我妇子

日为改岁⁷　入此室处　第五章

1. 蝗虫。　2. 铃虫。　3. 房屋入口。　4. 蟊斯。　5. 以土灌入缝隙。　6. 防备冬天的寒冷。　7. 十月即为年末。

五月里蚂蚱鼓动双足，六月里铃虫振翅而鸣。随着天气变冷，蟋蟀从野外移动到家里。此时开始准备过冬。堵塞房屋的裂缝，将老鼠熏出房间，门窗都用泥土糊好。豳地处于严寒区域，人们过着半穴居的生活。如此在寒冬之时，妇女儿童们都这样躲在里面。

九月筑场圃¹　十月纳禾稼²

黍稷重穋³　禾麻菽麦

嗟我农夫　我稼⁴既同

上入⁵执宫功⁶

昼尔于茅　宵尔索绹⁷

亟其乘屋⁸　其始播百谷⁹　第七章

1. 处理谷物的场所。　2. 收获水稻等。　3. 黍米，粳米，晚稻，早稻。　4. 收获。　5. 离开耕地回家。　6. 家里的工作。　7. 搓绳。　8. 翻修房顶。　9. 开始播种。

这里主要歌咏农事。九月是收获之始，作好场圃，十月便开始收获。黍稷菽麦等各种作物的收获，全都以共同作业的方式进行。收获完成，便开始室内的工作。白天割茅，夜晚搓绳，最后还要翻修房顶。做完这些，即着手准备冬耕。

二之日[1]凿冰冲冲[2] 三之日纳于凌阴[3]

四之日其蚤[4] 献羔[5]献韭

九月肃霜[6] 十月涤场[7]

朋酒[8]斯飨 曰杀羔羊

跻彼公堂[9] 称彼兕觥[10]

万寿无疆 第八章

1. 相当于后来的十二月。 2. 凿冰的声音。 3. 冰室。 4. 清早。 5. 小羊。准备开冰室的祭祀。 6. 降下严霜。 7. 谷物的处理场。 8. 两樽酒。 9. 领主祭祀的建筑。 10. 兕牛角做的酒杯。

在冰室中纳冰，用于祭事。在十月收获结束之后会举行收获祭，此时领民聚集于领主的公堂飨宴，向领主献上祝颂。领民们借由参加由领主举办的祭祀，来维持共同体的遗制。古时的氏族共耕，或许正是如此实行的。在这样的生活当中，不会引发如此深刻的社会问题。

但是豳地的生活位于寒风凛冽的山陵地带；在西周后期，北方狁的入侵频繁，事态遂告危急。《东山》一诗歌咏防人之事，《破斧》则歌咏周公东征。这里的周公，旧说为周初的周公旦，而东征则歌咏的是被封于卫的周公旦三个弟弟拥立殷王子禄父起兵，即讨伐所谓"三监之乱"。然而此诗应不是如此早期的产物。诗中所述，当是被封此大王故地的周公一族，在此地经营之时的情状。周公的子孙被封于各地，亦见于《左传》。但是这些贵族子孙抵抗不了北方的强悍异族，最终放弃此地而去。《九罭》与《狼跋》等诗，或许即是歌咏此事；这两首诗之所以其意莫测，很可能正因为讳言其事的缘故。根据金文的资料来看，在西周后期近于夷王、厉王之时，此地归于岐山大族克氏的统治之下。新豪族的兴起，会侵凌旧贵族领主，不断扩大自己的领地。

在山西汾水流域的唐国，其风土环境与豳类似，素来因贫就俭。《唐风·蟋蟀》一篇就是与《七月》相似之诗：

蟋蟀[1]在堂[2]　岁聿其莫

今我不乐[3]　日月其除[4]

无已大康　职[5]思其居[6]

好乐无荒　良士[7]瞿瞿[8]　第一章

蟋蟀在堂　役车[9]其休

今我不乐　日月其慆

无已大康　职思其忧[10]

好乐无荒　良士休休[11]　第三章

1. 蟊斯。　2. 冷天进入堂下。　3. 享受休闲期。　4. 过去。　5. 一心一意地。　6. 家事。家庭生活。　7. 有事时成为战士的人。　8. 思虑很深的样子。　9. 行役之车。　10. 外事之难。第二章有言"职思其外"。11. 指沉着的样子。

耕作完成进入休闲期，人们得以稍事休息。但是出于对生活的顾虑，人们尚不能体会到充分的解放。此地尤以吝啬出名，《唐风·山有枢》歌云：

山有枢　隰有榆

子[1]有衣裳　弗曳弗娄[2]

子有车马　弗驰弗驱[3]

宛其死矣⁴　他人是⁵愉⁶　第一章

山有漆　隰有栗

子有酒食　何不日鼓瑟

且以喜乐　且以永日⁷

宛其死矣　他人入室⁸　第三章

　　1. 指富人。　2. 好衣裳连衬裾①都不用穿。　3. 不出外游玩。　4. 不觉之间就离开了。指时间流逝。　5. 他的资产。　6. 以强夺为乐。　7. 舒服地过了一天。　8. 里屋。家财被人取走。

起首二句是旧日祝颂歌的表达，此诗以"子有衣裳""子有酒食"的形式化诗句来呼应。像这样歌咏社会生活实际状态的诗歌，其时代颇晚于祝颂歌的时期。

在西周后期，随着大土地所有制发展、氏族共耕的形态崩坏，领主与农民之间的支配关系愈发强烈，两者之间往往产生深刻的对立。齐之土地广阔，鱼盐之利丰富，而有很多役使民众的小地主阶级。

东方未明　颠倒¹衣裳

颠之倒之　自公²召之³　第一章

东方未晞　颠倒裳衣

倒之颠之　自公令之　第二章

　　1. 急来穿反了上衣和裤子。　2. 主公。指地主。　3. 终助词，亦有一气读下的语气。

---

① 衬裾，古代穿在正衣内的一种衬里。

此为《齐风·东方未明》之诗。天色未明之际，早早就受召唤，慌乱之中，连衣裳都穿颠倒了。接着在第三章中，歌云"折柳樊圃　狂夫瞿瞿　不能辰夜　不夙则莫"。此诗风格，有似"吩咐人办事的"主人与太郎冠者的戏谑场面[①]。

《伐檀》所歌咏的魏国乃是山间僻地，因之对"吩咐人办事的"主人的谩骂程度即不止于此。在此地，还可见揭示阶级意识的抵抗之诗。但他们的抵抗，并不是齐心协力将领主打倒，而是采用了逃亡的手段。《魏风·硕鼠》诗云：

  硕鼠[1]硕鼠　无食我黍

  三岁贯[2]女[3]　莫我肯顾[4]

  逝将去女　适彼乐土

  乐土乐土　爰得我所[5]　第一章

  硕鼠硕鼠　无食我麦

  三岁贯女　莫我肯德[6]

  逝将去女　适彼乐国

  乐国乐国　爰得我直[7]　第二章

  1. 大老鼠。喻领主。　2. 作为佃农而奉公。　3. 指领主。　4. 毫不照顾我。　5. 安住之地。　6. 帮助。　7. 真正能居住的地方。

但是离开此地，他们就真能得到乐土吗？地上何处有这样的

[①] 典出日本著名狂言作品《末广狩》。主人要太郎冠者进城买末广（折扇），但太郎冠者不识末广，被欺骗买了雨伞回家。此篇有申非译文，译作《折扇》（《日本谣曲狂言选》，人民文学出版社1985年，245页）。"吩咐人办事的"为剧中太郎冠者（申非译作"大管家"）说自己主人的话，见247页。——编者

乐园呢？春秋以后成为都城的洛阳周边，此地的《王风》之诗中，亦可看到感叹流浪的诗篇：

> 彼黍[1]离离[2]　彼稷[3]之苗[4]
>
> 行迈[5]靡靡[6]　中心摇摇[7]
>
> 知我者　谓我心忧
>
> 不知我者　谓我何求
>
> 悠悠苍天[8]　此何人哉[9]　第一章
>
> 彼黍离离　彼稷之穗
>
> 行迈靡靡　中心如醉[10]
>
> 知我者　谓我心忧
>
> 不知我者　谓我何求
>
> 悠悠苍天　此何人哉　第二章

1. 黍稷，谷物。　2. 结实很多，谷穗下垂。　3. 粳黍之类。　4. 谷苗伸展。　5. 漫无目的地走。　6. 无力缓慢貌。　7. 茫然叹息。　8. 辽远的天空。天上的神祇啊。　9. 要承担怎样的命运啊。　10. 思绪混乱，如同心醉。

此为《黍离》之诗。在旧说中，此诗是西周灭亡以后，行役到旧都的役人慨叹旧都荒废而歌之诗。此诗与殷亡后悲叹旧都荒废的箕子之歌《麦秀歌》①一样，被视为歌咏亡国之叹的作品，然此诗的诗意于此难以索解。这种郁郁难解的忧愁，定是来自失去居住地的漂泊者；"行迈"一词，指的是无处安身的旅人。他们离开了故乡，遍求安身之地而不得。不知我真情的人，说我的漂

---

① 史载，箕子过殷墟，感宫室毁坏生禾黍，乃作歌曰："麦秀渐渐兮，禾黍油油。彼狡童兮，不与我好兮！"——编者

泊有所谋求；只有少数的人，才知道在不断的漂泊之旅中我心的忧愁。

《魏风》中曾有《硕鼠》一诗，其中亦有《园有桃》的描写，与此诗有相通的表现。二诗合并研读，会易于理解二者的诗意。

> 园有桃　其实之肴[1]
> 心之忧矣　我歌且谣[2]
> 不知我者　谓我士也骄[3]
> 彼人是哉[4]　子曰何其[5]
> 心之忧矣　其谁知之
> 其谁知之　盖亦勿思　第一章
> 园有棘　其实之食
> 心之忧矣　聊以行国[6]
> 不知我者　谓我士也罔极[7]
> 彼人是哉　子曰何其
> 心之忧矣　其谁知之
> 其谁知之　盖亦勿思　第二章

1. 成为食物。 2. 以歌谣诉说。 3. 批判说，那人直截了当地倾诉不满。 4. 这样的批判是否正确？ 5. 你的意见如何呢？ 6. 漫无目的地在国内徘徊。 7. 不去稳定地生活。

此诗末四句采用叠咏。"盖亦勿思"是绝望之言。"其谁知之"的反复咏叹，其中必有不可做别种理解的深刻事态。歌与谣原本都是咒歌之言。此诗是放歌而周游国内的漂泊者之叹息，其对政治的诅咒，到头来则随着"悠悠苍天　此何人哉"这种对上天的倾诉，以及在"盖亦勿思"的深沉弃绝中，伴随悲叹而消磨净尽。那时并没有什么政治方式，只能徒叹奈何而已。

在此事态之中而生存，则是更加痛苦。《黍离》与《园有桃》所描写的多少还残留些行动力的人，仍然有求生的念头。而连生存的气力也荡然无存的人，睁眼醒来本身就已经相当恐怖。《王风·兔爰》里歌曰：

有兔爰爰[1]　雉[2]离于罗

我生之初[3]　尚无为[4]

我生之后[5]　逢此百罹[6]

尚寐无吪　第一章

有兔爰爰　雉离于罦

我生之初　尚无造[7]

我生之后　逢此百忧

尚寐无觉　第二章

1.舒展开来。　2.喻性情暴烈。　3.年轻出世的时候。　4.世上的烦恼。指劳役、税收等。　5.在世上生活。　6.所有忧愁。　7.指审判之类麻烦的争执。

《国风》里所见的生活诗、社会诗，歌咏的内容悲哀多过于喜悦；倾诉穷乏与流离的诗篇，至今仍使人感到压抑。若人们缺乏歌咏喜悦的冲动，难免会歌咏悲哀——这话固然有一定道理，但在古代歌谣中如此歌咏生存的苦痛，想来却别无他例。这些歌作为民谣，乃是植根于多数人的共感之上，这便具有更大的重要性。诚然，《圣经》中的诗篇歌咏的是更大的命运之苦难，然而对于所有人的命运，这是一个巨大的救赎，也是对于民族未来所承受的命运的挑战。可是在这里，民众追求小小幸福的愿望，却遭到冷酷的拒绝。在这个时代，人们在出生之时便无不期盼可以平安无事地生存下去，但恐怖却总是不期而至。对生命极度的不安与绝望，诗的世界之深刻正在于此。这并非以忆良的歌谣"所恨不为鸟，何当飞去休"①之类想象的表现方式来应对。我想这类诗歌，其意义已不单属于民谣的世界。倘若具备突破诗篇的样式的某些条件，则会极其接近产生优秀创造诗，亦即社会诗的可能。但是这种可能并未能实现，这正是诗篇作为古代歌谣的界限。

蜉蝣之羽

《曹风》之中有名为《蜉蝣》的一篇：

蜉蝣[1]之羽　衣裳楚楚[2]

心之忧[3]矣　于我归处[4]　第一章

蜉蝣之翼　采采[5]衣服

心之忧矣　于我归息[6]　第二章

蜉蝣掘阅[7]　麻衣如雪[8]

心之忧矣　于我归说[9]　第三章

1. 指蜉蝣目昆虫。 2. 薄而美丽。 3. 悲恸忧愁。 4. 我也定要在这里寄身。 5. 闪耀而美丽。 6. 在此地一起生活吧。 7. 钻入土中的洞里。 8. 雪白的衣服。 9. 在这里安定下来吧。"说"即寄寓之意。

---

① 《万叶集》5.893。《万叶集精选》，钱稻孙译，前引书，115页。——编者

旧说认为，此诗是对于曹之君王（昭公）着美服、不忧国势衰微的讽刺之诗。但用心研读此诗，就无论如何都不会认同这种说法。此诗分明是一首语调悲凉的悼亡之诗，其为挽歌之处，是谁都能看出来的。其中的表达，是说希望灵魂像蜉蝣一样，出窍后再度重生，这也绝无疑问。死者的衣裳，宛若楚楚的蜉蝣羽翼。薄葬的妻子哟，我很快亦会前往你的身边。"掘阅"正是指蜉蝣在土里的状态。各章的末句都表现了死后同穴之誓，以此寄托了无法言尽的爱惜之情。以衣裳寄托对亡人的哀思，在前文已举《绿衣》之诗（参见本书 26—27 页）为例。如此平白明了的诗意，如今却被人忘却，想来应是读诗之人心中的问题了。同时此诗在表现上，也难免被讥为过分不露声色。

《唐风·葛生》也是一篇优美的挽歌：

>　　葛生蒙楚　蔹蔓于野[1]
>　　予美[2]亡此[3]　谁与[4]独处　第一章
>　　葛生蒙棘　蔹蔓于域[5]
>　　予美亡此　谁与独息[6]　第二章
>　　角枕[7]粲[8]兮　锦衾[9]烂[10]兮
>　　予美亡此　谁与独旦　第三章
>　　夏之日　冬之夜
>　　百岁之后[11]　归于其居[12]　第四章
>　　冬之夜　夏之日
>　　百岁之后　归于其室[13]　第五章

1. 以上写墓所的形状。 2. 我的良人。 3. 死而埋葬。 4. 有一起生活度日的人? 5. 墓域。 6. 生活。 7. 以角装饰的枕头。 8. 鲜明美丽。 9. 覆盖尸体的锦被。 10. 灿烂美丽。 11. 自己死后。 12、13. 指墓室。

此诗从未被人怀疑过,其是一首悼亡之诗。诗中可看到的"处""息""归"等语,在《蜉蝣》一诗中同样可以看到,都是表达死后同穴之愿的词语。

葛藤伸展缠绕杂木,镜草蔓延墓室的一侧。我怀念的人就埋葬于此。我独自残留于世,没有同寝的人,唯余孤独寂寥的空室。作为陪葬的角枕依然鲜亮,锦衾也依然美丽,而我所怀念的人独自于此长眠。

夏日昼长,冬夜夜长,你于此长眠。百年以后,我亦会在此与你同眠,请安心等待那一天吧。此诗在哀切之中,充满了温柔的思念。若《蜉蝣》是对女性的哀悼,本诗或许就是安葬亡夫之诗吧。较之汉初的挽歌《薤露》《蒿里》,这两首诗更加优美,更加充满情爱。

悼亡之诗中,有悼亡之诗的遣词与表现方式,读后即可知晓。然而汉代经学家们却胡乱附会上政治原因,致使对诗的释读产生歪曲。而这种解释至今仍然横行于世,简直冒犯了留下如此优美诗篇的古代先民。

《王风·中谷有蓷》按毛、郑之说,乃是夫妻离别之诗,说是失政的结果。近代的注释家也多半生吞活剥了这种解释。

中谷¹有蓷　暵²其干矣

有女仳离[3]　嘅[4]其叹矣

嘅其叹矣　遇人之艰难矣　第一章

中谷有蓷　暵其脩[5]矣

有女仳离　条[6]其歗矣

条其歗矣　遇人之不淑[7]矣　第二章

中谷有蓷　暵其湿[8]矣

有女仳离　啜[9]其泣矣

啜其泣矣　何嗟及矣　第三章

1.山谷。　2.干燥貌。　3.别离。　4.叹息貌。　5.干燥贫瘠貌。　6.寂寥貌。　7.指人死。　8.日字边的字之假借字。　9.抽搭地哭。

　　将生长茂盛的草木用于祝颂的表达，是充满生命力的表现。同样，草木的枯败乃是不祥的暗示。此诗中的"仳离"分明是悲叹离别之不幸的诗句；确定其不幸内容的关键，即在对"不淑"一词的解释。《礼记·杂记》上讲，人们在吊问时会说"如何不淑"这样的慰问之语；在西周期的金文中，也有家臣遭遇不幸，君王吊慰时使用"不淑"一词之例。根据《礼记》的用例，"不淑"即意味死亡，汉代学者对此理应清楚；然而旧说为了强加政治性的解释，却故意无视这一用语。此诗中的别离非为生离，乃是死别。

　　"不淑"一语在其他诗篇里也可看到，其用义颇为确凿。《鄘风·君子偕老》被说成批评卫宣公的美丽遗孺宣姜的不伦之诗，这是强加于上的不当解释。若如此，则古代诗人们的真实想法就无从探知了。这也是一首美丽的挽歌，是足以与《万叶集》作者们的力作比肩的诗篇。

君子偕老[1] 副笄六珈[2]

委委佗佗[3] 如山如河[4]

象服[5]是宜

子[6]之不淑[7] 云如之何 第一章

玼兮玼兮[8] 其之翟[9]也

鬒发[10]如云 不屑髢[11]也

玉之瑱[12]也 象之揥[13]也

扬[14]且之皙也

胡然而天也[15] 胡然而帝也 第二章

瑳兮瑳兮[16] 其之展[17]也

蒙彼绉绤[18] 是绁袢[19]也

子之清扬[20] 扬且之颜[21]也

展如之人兮 邦之媛也[22] 第三章

1.指夫妇偕老的誓约。 2.六条发饰之玉。 3.宽和优雅。 4.指人品出众。 5.用于仪礼的礼服。 6.指其夫人。 7.指人死。 8.鲜艳而美丽。 9.夫人画有鸟的羽毛做装饰的礼服。 10.浓密的黑发。 11.假发。 12.耳朵上戴的饰玉。 13.象牙做的簪子。 14.宽宽的前额。 15.美丽如神。 16.优美而清纯。 17.夫人白色的礼服。 18.麻纱。 19.汗衫。 20.清澈的目光。 21.饱满的前额。 22.足以代表国家的夫人。

此诗全篇述哀惜之情，是怀悼其人之作。旧说把"不淑"作"不善"来解，说是叹惋其人行径之意，可说是完全随心所欲的解释。全诗不过是感伤，如此美丽的君夫人却英年早逝，空留偕老之契而已。

《小雅·鼓钟》也应该是首挽歌：

鼓钟将将[1]　淮水[2]汤汤[3]

忧心且伤

淑人君子[4]　怀允不忘　第一章

鼓钟喈喈[5]　淮水湝湝[6]

忧心且悲

淑人君子　其德[7]不回　第二章

1.指金属性的声音。　2.向东流经河南省中部的河。　3.水流盛大貌。　4.好人。或为身份高贵的夫妇。　5.钟声和鸣。　6.水流之声。　7.人品卓越。

末章有"鼓钟钦钦　鼓瑟鼓琴　笙磬（笙笛与三角形的石制乐器）同音　以雅（乐器名。敲打木箱状的乐器）以南（后称铜鼓）　以籥（笛）不僭（乐音整齐）"之歌，兴许是临近淮水之人的送葬诗，然已不知其缘由了。

诗篇时代终结之后，唯余残响于春秋时期。五霸之一的秦穆公没时（前621年），被称为"秦国三良"的杰出武人——子车奄息等三人，遵循古例在墓中殉葬。悲悼此事的诗作，见《秦风·黄鸟》一诗：

交交[1]黄鸟[2]　止于棘[3]

谁从[4]穆公　子车奄息

维此奄息　百夫之特[5]

临其穴[6]　惴惴[7]其慄

彼苍者天[8] 歼[9]我良人[10]

如可赎[11]兮 人百其身[12] 第一章

交交黄鸟 止于桑

谁从穆公 子车仲行

维此仲行 百夫之防[13]

临其穴 惴惴其慄

彼苍者天 歼我良人

如可赎兮 人百其身 第二章

1.交相鸣叫貌。 2.黄鹂。 3.枣树。 4.殉死。 5.卓越的人。 6.墓穴。 7.恐惧发抖。 8.向上天倾诉的话。 9.优秀的武人。 10.全部杀死。 11.以他物代替而助之。 12.以许多人为牺牲也不在乎。 13.力量可抵百夫的人。

第三章歌咏的是子车针虎。按《史记》，秦武公（？—前678年）时殉死者六十六人，穆公时则相传有一百七十七人殉葬，其中就包含了三良。黄鸟的表达，依然还是传承了鸟形灵的形式；然而这已经不是祭事诗中那种充满神秘感的描写，而是体现不安与恐怖的表达。"临其穴"以下的叠咏，是真切的现实描写，与上文中悼亡之诗的美丽哀怨不能相提并论。《国风》的时代毕竟已经结束了。

第五章

贵族社会的繁荣与衰弱

诗篇的时代

诗篇的时代起于何时，已难有定论。唯一可供参考的事实，只能提出周初韵文的产生。"押韵"这种反复律的修辞方法，已经于被认为是周初成王、康王期的令簋、班簋、大盂鼎、大丰簋（皆为用作祭器的青铜器）等铭文上见到。据此可以推论，在当时的祭祀仪礼里，可能已经采用歌谣形式，而《诗经》中尚无可以明显视为该时期之作的有韵之诗。

诗篇中最早形成的部分是颂。"颂"者"公"也，即祖先祀所前面的"页"，也就是具有舞乐祭祀之意的文字，或称为庙歌。《周颂》三十一篇之中，多为祭祀周初四王即文、武、成、康的庙歌。《我将》有云：

> 我将我享[1]　维羊维牛
> 维天其右[2]之
> 仪式刑文王之典[3]　日靖四方
> 伊嘏文王　既右飨之[4]
> 我其夙夜[5]　畏天之威[6]

于时保之⁷

　　1. 呈上神馔祭祀。　2. 蒙受天佑。　3. 遵循文王确定的统治原则。 4. 受到文王神灵的佑助，符合神意。　5. 早晨很早，夜里很晚。指祖祭。　6. 畏惧上天的明命。　7. 保有天佑。

　　此诗中歌咏的天命思想，在康王期金文的大盂鼎上已可看到，该鼎铭与此诗在词汇上颇多共通之处。即便现在看到的诗篇已非当初作成时的原貌，其原型亦有可能是以早期庙歌的形式而产生的。

　　成、康之后继之以昭、穆时代。此期的金文多有于周之神都——菶京辟雍的仪礼，所举行的祖祭颇为盛大。孔子理想中的周之礼乐文化，正是于兹形成。乐器之中的钟，也于此时登场。在钟里，很快出现数件组为一套的编钟，作为庙祭中分奏音阶的乐器。《执竞》中有：

　　　自彼成康　奄有¹四方
　　　斤斤²其明　钟鼓喤喤³
　　　磬筦⁴将将⁵　降福穰穰⁶

　　1. 广泛统治。　2. 明亮貌。　3. 鸣响貌。　4. 三角形石制打击乐器和小笛。　5. 高亢清亮的声音。　6. 丰富貌。

则至少此诗为钟出现之后的作品。

　　菶京的仪礼之中，有殷人的子孙扮成客神，奉其祖神来参加。《振鹭》（参见本书46页）与《有瞽》中有"我客戾止"之句，《有客》（参见本书44—45页）一篇中也歌咏异族神参拜的仪礼。《振鹭》中有"振鹭于飞 于彼西雍"一句，则此仪礼是于辟雍所行。这种仪礼应当是从昭、穆期兴起的。

《大雅·文王有声》中有镐京辟雍之语：

丰水[1]东注　维禹之绩[2]

四方攸同[3]　皇王维辟[4]

皇王烝哉　第五章

镐京辟雍　自西自东

自南自北　无思不服

皇王烝哉　第六章

1. 陕西河名。向东北在宗周附近注入渭水。　2. 有禹治洪水的神话。"绩"同"迹"。　3. 各国皆于此参朝。　4. "辟""烝"皆是君主的意思。

此诗与《大雅》中其他歌颂文王德业的诗篇一样，都是于辟雍仪礼盛行时所作。镐京辟雍是在莽京辟雍废除以后迁往镐京的，在西周中期共、懿期以后的金文里，莽京之名已无从见到了。在此时期以后的金文里，多有官职授予，以及赐与车马与礼服礼器之类，官职多以世袭继承。西周期的官职世袭制自此时确立了体制，以王朝为中心的贵族社会逐渐形成。

官职世袭制确立，贵族社会形成，这些秩序的根基——祖祭——也随之大行其道。《大雅》《小雅》亦即"二雅"的世界由此展开。这种秩序与繁荣几乎全都植根于先人功业的成果，从而先王与祖先的传说物语大多诗篇化。《大雅》中的祖王物语，想来也是在此一背景当中产生。

以王室为中心的贵族社会之间，伴随着土地经济的急速发展，政治斗争开始兴起。一切问题的根源到头来都是权力问题，被权力的有无所左右。懿、孝期时，围绕王位继承产生了种种问题。夷王以豪族势力为背景获得拥立时，创业以来周王朝的秩序已经开始走向崩溃。从其末年到厉王期，天变地异、政治混乱，最终引发政变，厉王亦出奔到山西彘地，此事发生于前842年。此后经过十四年空位时期至宣王（？—前782年）即位，一时实现小康，政治实权既已归于诸豪族之手。编录于《大雅》最后的数篇，并非歌咏王室的物语，而是歌咏诸豪族的传承，都是宣王期的诗篇。宣王后半以后，记载王室廷礼的金文已不多见，应该是王室仪礼已经废绝之故。

　　西周后期，经过周末约百年间的政治混乱与秩序崩溃，到了前771年，平王东迁，西周从而灭亡。这个时期的贵族社会之诗称为"变雅"，多数政治诗与社会诗便作于这种社会危机的事态之中。而当这种崩塌已成必然之时，产生此类诗篇的激情以及诗篇的社会机能早已尽皆丧失。"二雅"时代随着周的东迁，遂走向终结。

贵族社会的繁荣

　　以昭、穆期的菶京辟雍仪礼为中心，周的礼乐文化得以形成。这便是被称为"郁郁乎文哉"的周朝贵族文化。庙歌里多有祭祀后稷、大王、文、武、成、康之歌，其诗即如《维天之命》：

维天之命　於穆¹不已

於乎不显²　文王之德之纯³

假以溢⁴我　我其收⁵之

骏惠⁶我文王　曾孙⁷笃之

1.深远貌。　2.金文多见之语。读成反语是错误的。　3.指完善。　4."谧"的假借字。　5.接受而保守。　6.遵从德性。　7.王之子孙。非指特定的王。

此类诗多为一章，且为无韵形式。所谓曾孙，大抵等于日本的"すめみま"。此诗应该是与庙祭的仪节相合而歌。一如"一唱三咏"之语所示，唱法是一人先唱一句，另三人和而咏叹，是在清庙所用的咏法。

这些庙歌里的异色之歌，如《噫嘻》与《载芟》这样，都是有着叙事内容的诗篇。诗中歌咏了农耕之事。《噫嘻》有云：

噫嘻成王　既昭假¹尔

率时农夫　播厥百谷

骏发尔私²　终三十里

亦服尔耕　十千维耦³

1.昭格。神灵降临此地。　2.私人。耕作者。　3.并行耕种。

成王之灵正从汝等头上的天空降落，照临人间，来率领农夫播种百谷，开始耕作吧。出动汝等大量私人农耕民，耕作及此三十里而止吧。人人服从各自分担的耕作，让十千亦即一万人共同耕作吧。此诗歌咏了多达万人的集体耕作场景。

这样的集体耕作，在同属《周颂》的《载芟》《良耜》中亦有提及。《载芟》中有"千耦其耘"（两千人除草）之句，《良耜》中有"以开百室"（动员上百家族）之语。郭沫若将这些诗解为歌咏当时奴隶耕作的状态，进而论及周王朝的繁荣，就是在这样的奴隶制之上建立起来。然而需要注意的是，这些诗篇都是《周颂》中的庙歌。《噫嘻》里提及成王来临，应视此耕作乃为获得成王祭祀之物料而进行。此后的《丰年》一诗歌曰：

丰年多黍多稌　亦有高廪[1]

万亿及秭　为酒为醴[2]

烝畀[3]祖妣[4]

以洽百礼[5]　降福孔皆

1. 高仓。　2. 甜酒。　3. 供奉祭祀。　4. 祖王及其王妃们。　5. 多种祭祀仪礼。

此为用于祖祭之歌。《载芟》之诗中，自侯伯始，多数有关的百官也参加此次耕作，此外应有男女扮为谷灵，载歌载舞以刺激生产；叙述完这些，还要歌咏与《丰年》相同的"烝畀祖妣"之句。此种仪礼与《载芟》末句"振古如兹（从往昔即是如此）"、《良耜》中的"以似以续　续古之人（继承到后世）"等句相似，都是从古时传承下来的农事仪礼。这种仪礼作为古代氏族共耕时代的遗留，乃是传承到此一时期的祖祭的共耕形式，有似于日本的悠纪、主基（奉献大尝会新谷的农田）中供献神馔。这大约就是文献中的所谓藉田之礼、千亩之礼。藉田之礼是农耕开始时的亲耕仪礼，此时王率百官，在农官之司会下，举行庄严的开锄仪式。这种耕作要由侍奉之人来共耕，收获都充为神馔，或者作为维持的费用。被认为属于昭、穆期的金文令鼎（令所作的祭器）上，就记载了王行藉农（藉田）之礼。

藉田之礼，在记载春秋期传承的《国语·周语上》中有详细的记述。其中所论的形式，是对宣王废除此礼提出批评，从而述及古礼的传统。或许在周之盛时，像《周颂》中歌咏的那样，人数达几千人的共耕是实际进行过的，表明当时祖祭的隆重盛大与王朝势力地位的牢固。

祖祭在贵族社会也大行其道。中期的共、懿期以后，官职世袭制得以确立，他们认为这种秩序是祖业的结果，氏族内的仪礼是以祖祭为中心进行的。

> 天保定[1]尔　以莫不兴[2]
> 如山如阜　如冈如陵
> 如川之方至　以莫不增[3]　第三章
> 吉蠲[4]为饎[5]　是用孝享[6]
> 禴祠[7]烝尝　于公先王[8]
> 君曰[9]卜尔　万寿无疆[10]　第四章
> 如月之恒[11]　如日之升
> 如南山[12]之寿　不骞不崩
> 如松柏之茂　无不尔或承[13]　第六章

1.使安定。　2.使盛大。　3.以上以山容水势之盛大，作为祝颂之辞。　4.清洁的供物。　5.神馔。　6.祭祀祖先。　7.四时之祖祭。　8.指远祖。 9. 被祭祀祖灵的宣示。 10. 永久。 11. 月圆。 12. 终南山。在国都之南。 13. 子孙永远继承。

此为《小雅·天保》之诗。古时的祝颂，常举触目可得之物，如"南山有梅""瞻彼洛矣"这样，以即兴而具体的行为来表现；而此诗中却以"如山如阜"这样用比喻性示例的方法。对于祝颂之诗，这是相当形式化的手法，可以联想到日本的祝词与宣命当中的修辞。

举行祖祭之时，全族成员都要参加，此外还要招待宾客，举行飨宴。这是稳固氏族纽带的重要仪礼。《小雅·伐木》歌曰：

伐木丁丁[1]　鸟鸣嘤嘤[2]
出自幽谷　迁于乔木
嘤其鸣矣　求其友声
相彼鸟矣　犹求友声
矧伊人矣　不求友生[3]
神之听之　终[4]和且平　第一章

1. 砍倒树木的声音。 2. 鸟吃惊的叫声。 3. 兄弟们。指辈份接近的一族。 4. 意为不久。

伐木鸟鸣之兴，原本是祭事诗的表达。伐木、采薪都是为神事而进行的，鸟则古来就被当作祖灵的显现。此诗中说明鸟鸣之声为"求友声"，是比喻人相求友生的比喻性表达。表达丧失了兴所具有的暗示性特征，而表现出说明性的倾向，可谓仪礼诗的一个特质。

友生是指同族之人。因之第二章有"以速诸父""以速诸舅",第三章有"兄弟无远"。同族相会祭祀祖先,祭祀后共同进餐。不同血缘的亲戚被称为宾客,也会参加祖祭。贵族社会就是以这样的祭祀共同体为单位所组成的社会。《小雅》的起始就有《鹿鸣》一篇:

呦呦[1]鹿鸣　食野之苹[2]

我有嘉宾　鼓瑟吹笙

吹笙鼓簧[3]　承筐[4]是将

人之好我　示我周行[5]　第一章

1.鹿鸣声。　2.艾蒿之类。　3.笙笛中之簧舌。吹时使之振动。　4.竹器。　5.大道。

此诗以鹿鸣为表达,作为祭事之诗是暗示着祖灵来临。鹿便是神的使者。宾客在参加祭祀时,将筐中放入神馔,举筐而来奉献。"周行"历来被解成"普遍的德行"或"周官吏的地位"之意,而此语的本来意思,从《周南·卷耳》与《小雅·大东》来看,乃是从宗周通往东方的道路。《卷耳》里即歌咏到摘草放于路边,为远人进行振魂。"示"与"寘"同音,亦可读作"寘"字,故而此句原本应该就是说的咒诵行为,在这里则有赠送道德训戒之意。古代的表达与修辞,在礼仪诗里的运用都转化成新的意义。

借由这些诗歌,我们看到诗从祭事诗开始,而到祝颂、飨宴诗,再由此到宣扬同族结合的教训诗的发展。通过祖祭与随后的聚餐,加强同族的结合,求得族内的亲和。在此机会中,提高了同族意识，强化了连带关系，这乃是维持贵族社会秩序的方法。于是，飨宴诗即逐渐带上了教训的内容，《小雅·常棣》歌曰：

> 常棣[1]之华　鄂不[2]韡韡[3]
>
> 凡今之人　莫如兄弟　第一章
>
> 兄弟阋于墙[4]　外御其务
>
> 每有良朋　烝也无戎　第四章

  1. 庭樱，麦李。　2. 生长花的花萼。蒂。　3. 美得闪亮。此二句言伸手可及的美丽。　4. 在家里争斗。

第五章以下强调兄弟妻子的和睦，述及飨宴之喜，要于此看出人生的究极。此诗讴歌现实的繁荣，充满对现实的肯定之情。

  这些仪礼性的诗篇，有时可能会编成乐歌。《南有嘉鱼》是与《鹿鸣》相似的诗，都是以后作为乐歌在仪礼时演奏的。此诗第一、二章使用"南有嘉鱼"这一祭事诗的表达，进而歌曰：

> 南有樛木[1]　甘瓠[2]累之
>
> 君子有酒　嘉宾式燕绥之　第三章
>
> 翩翩[3]者鵻[4]　烝然[5]来思
>
> 君子有酒　嘉宾式燕又思　第四章

  1. 树枝下垂。　2. 葫芦之类。　3. 翩然飞翔。　4. 鸠之类。即所谓斑鸠。　5. 群聚貌。

"南有樛木"是采用了《周南·樛木》中"南有樛木　葛藟累之　乐只君子　福履绥之"这种君子祝颂之歌，次章里的鸟之表达亦多见于祭事诗与征役诗中。篇名《南有嘉鱼》仅见于起首两章，或许后两章是在作为乐歌编成时添加进去的。

祭事会整夜举行，飨宴也就通宵达旦。《小雅·湛露》歌曰：

湛湛[1]露斯　匪阳不晞

厌厌[2]夜饮　不醉无归　第一章

1. 露水淋湿貌。　2. 轻松自在貌。

飨宴之席，往往会变得酩酊大醉。《宾之初筵》歌咏其状况说：

宾之初筵　左右秩秩[1]

笾豆[2]有楚[3]　殽核[4]维旅[5]

酒既和旨　饮酒孔偕

钟鼓既设　举酬[6]逸逸[7]

大侯[8]既抗　弓矢斯张

射夫既同[9]　献尔发功[10]

发彼有的[11]　以祈尔爵[12]　第一章

1. 礼仪端正貌。　2. 竹器与木盘。　3. 清洁貌。　4. 器具所盛的酒菜。　5. 摆放。　6. 交杯换盏。相互斟酒。　7. 交杯时礼仪端正。　8. 大靶子。　9. 分成两组。　10. 射仪。进行清净的射箭之礼。　11. 靶子。　12. 酒杯。

在飨宴开始之前，人们端正威仪，左右并行。之后佳肴纷呈，品饮佳酿，钟鼓奏乐，献酬礼终，遂摆上大侯进行射仪。射仪要肃清场所，献上清明之心，是有着祝颂之意的仪礼。

到第三章，述及酒兴正浓的状态。开始时端正威仪的人们，越喝越醉，变得放浪形骸，口无遮拦。有立于席上前后乱走者，有兴高采烈离席起舞者，有戏谑非为散乱狼藉者。醉酒以后，人就丢掉了所有节制。

宾既醉止　载号载呶[1]
乱我笾豆[2]　屡舞僛僛[3]
是曰既醉　不知其邮[4]
侧弁之俄[5]　屡舞傞傞[6]
既醉而出　并受其福
醉而不出　是谓伐德
饮酒孔嘉　维其令仪[7]　第四章

1. 叫嚷散乱。　2. 盛酒菜的器具。　3. 杂乱起舞。　4. 同"尤"。没有礼貌。　5. 争相歪斜貌。　6. 蹒跚而舞。　7. 行仪端正。

醉乱至极，狂叫四起，杯盘狼藉，吵杂一团。但这不算没礼貌，也不是没规矩。人们冠帽倾斜，步履蹒跚，手舞足蹈。在酒席上，一旦喝醉即能退席是再好不过，在席上醉态毕呈，可称为败德。宴席本是美事，希望大家都有节制。当时的贵族总会有些类似日本撒酒疯的人，以为自己有特权在饮酒时胡作非为。

但就在贵族们沉醉于太平美梦时，时代却在推移。随着土地经济的发展，领土之争日益深刻，贵族之间的矛盾随之激化。另一方面，在疲于掠夺的民众当中，出现了逃亡者。中期末的孝、夷期，金文中散氏盘（散氏所作之盘）等有关土地关系的铭文开始增多；大克鼎（克氏所作之鼎）中则有将因逃亡成为徒隶的人与大量田土一起赐与他人的记载。豪族意在发展大土地所有制，因其掌握的权力而接近王室，甚至可以干涉到王位继承。中期末时，懿王一度逃离国都，叔父孝王即位，之后再由懿王之子夷王即位。王位继承上的纠纷丛生，其实与豪族势力颇有关系。夷王被诸豪族拥立之时，据传言要下堂行礼，并杀害了亲藩相近的齐侯，王朝秩序的崩坏由此事实可见。对于执政者的怨嗟之声充斥街巷，谮言（陷构他人之言）横行，政治混乱。而此时日食的发生也给人们带来不吉的预感；此后被称为山河改容的大地震发生，西周贵族社会几近迎来破局的场面。在这种历史的转变之中，变雅之诗就此诞生。哀乱时代的贵族社会之诗，相对于太平时代的所谓"正雅"之诗，故称其为"变雅"。

危机意识与诗篇

夷王乃由诸侯拥立才得以即位，从此周王室的权威就明显衰败。趁此机会，南北方异族互相呼应，尝试入寇，周面临前所未有的危机。此后的厉王期政治，据文献记载，因宰相荣夷公贪心渔利，谗言诽谤大行，终在末年发生了政变，王出奔于彘（前842年），王位空悬十四年，随之进入到共和时代。

旧说认为，在被称为"共和"的空位时代，是由周、召二公作为摄政执掌政权的时期。此外还有共伯和执政的说法，这个共伯和或说是卫武公，从金文中来看或说指伯龢父。伯龢父没于宣王初年；且共和期其他被视为当时重臣的毛公与师询，他们的青铜器亦有残存，或许便是这几位有势力的人交替担任执政。

毛公鼎是有全文达四百四十九字长篇铭文的大鼎。此文述及周面临前所未有的危局之时，毛公受命执政之事。当时周四方混乱不宁，王室直面存亡危机。因之必须奉先王遗德，革新天命，来恢复王朝的秩序。为此，大小一切施政皆委托于毛公。这就是铭文的要旨。

师询簋没有像毛公鼎那样的长篇铭文，其内容却有相似之处，从器物所纪年和日期来看，大抵属于共和期。其中任命荣夷公以服侍者身份列席；荣夷公既为厉王期的人，厉王出奔后应是留守都城。其文辞与毛公鼎极为相似，应属同一时期。

通过这两件被视为共和期青铜金文器物上的铭文，能够窥见当时的危机意识，这便是天降威灵、王室面临断绝危机、先王遗业有失坠危险的忧惧。而想要解决这一危机，唯一可行之路乃是复归文武创业及其建国精神。文武革命得以重新回顾，他们的伟业得到阐明。要之其中的主张，乃在于道德要作为国家秩序的根本。

文武创业也见于周初器物——大盂鼎，其中以明确的形式，述及天命的思想，即把殷之灭亡与周之受命的理由，归结于其道德上的优越感。但而今承受了夷、厉期混乱的恶果，可以说周处于存亡的危机之中。此时人们重新回顾肇国之精神，要求复归于此。因此，遂创作出很多阐明建国精神的诗篇。《大雅·文王》第一章歌曰：

　　　　文王在上　於昭于天

周虽旧邦　其命维新

有周不[1]显　帝命不时[2]

文王陟降[3]　在帝左右

1."不"即为"丕"。将其解读为反讽之语是错误的。　2.与前句之句法相同。"时"即为"是"。　3.于天上上下。指其灵在天帝之处。

然而"其命维新"的维新思想，却不是在讲文王创业之事，毋宁应理解为当下时期所要求的复古精神。

无念尔祖　聿修厥德

永言配命[1]　自求多福

殷之未丧师[2]　克配上帝

宜鉴于殷　骏命不易[3]　第六章

1.适应天命。　2.众民。　3.指天命的严厉。

此章回顾了文王受命和殷之服事。"无念尔祖"是要敦促通过祖业，复归周初精神，告诫要"宜鉴于殷"。亡国危机临头，人们担心会重蹈二百年前殷所走过的悲惨命运。《大雅·荡》里亦回顾殷周鼎革，以文王在天之语的形式歌曰：

文王曰咨　咨女殷商[1]

匪上帝不时　殷不用旧[2]

虽无老成人[3]　尚有典刑[4]

曾是莫听[5]　大命以倾　第七章

1.殷之本名为商。　2.传统。　3.可称为元老的人。　4.统治原则。

5. 听从。

第二章以下各章都以"文王曰咨"之句起首，谈及殷商失政与亡国的理由。能作出这样的诗篇，只有在像共和期这样危机意识已经加深的时期。

《周颂》之中也有向祖王哀告如此危局的诗歌。《闵予小子》以下数篇应该都是如此：

> 闵予小子[1]　遭家[2]不造
> 嬛嬛在疚[3]
> 於乎皇考[4]　永世克孝[5]
> 念兹皇祖　陟降庭止[6]
> 维予小子　夙夜敬止
> 於乎皇王　继序[7]思不忘

1. 天子自称。　2. 指王室。　3. 孤独之忧愁。　4. 指被祭祀的父亲。　5. 祭祀先祖。　6. 降临在祭祀的庭院。　7. 继承绪业。

此诗诗意，与毛公鼎中的"惧余小子，家（王室）湛于艰，永巩先王"之语相近。其后的《访落》之诗中，也有"维予小子　未堪家多难"之句；在《小毖》这样诗意难解之诗中，亦有"未堪家多难"之句，都是与共和期前后事件相吻合的诗歌。

危机的回避之道，是在于虔诚祭祀祖王，复归祖王精神。可能在当时，从上到下都处于危机意识之中，都在为回复秩序而努力。此后不久，宣王开始亲政，周遂调整态势，北伐异族猃狁，东克淮水流域的东夷，极大地恢复了国威。在这被称为"宣王中兴"的时代，表面上再现了周之盛时，但此时周王朝并未恢复实力，一直在混乱时代挣扎的豪族势力，不过是拥戴周王室，求得一时的小康。宣王亲政十余年后，王朝的威令已经无法推行。宣王十二年记载了北伐成功的虢季子白盘（虢季子白所作盘的铭文）以后，就再也没有记述宫廷廷礼的金文器物出现，便足以证明这一点。

于是，诗篇中止于《大雅》最后数篇歌咏豪族之家的记录，洋洋的《大雅》之音遂成绝唱。

宫廷诗人尹吉甫

在临近诗篇终末的时代，出现了一位卓越的宫廷诗人——尹吉甫。他的诗风庄重宏大，使人想起人麻吕之歌。《大雅》的《崧高》《烝民》中，就指出这些诗为他所作。按《诗序》所说，《韩奕》《江汉》也是他的作品。

《崧高》歌咏的是申伯于谢行封建之事。谢城是由召南之地的领主召伯虎筑营的，此诗中可以看到当时的封建实态：

> 崧高[1] 维岳[2] 骏极于天
> 维岳降神 生甫及申[3]
> 维申及甫 维周之翰[4]
> 四国于蕃 四方于宣 第一章
> 王命申伯 式是南邦
> 因是谢人 以作尔庸

王命召伯　彻申伯土田[5]

王命傅御[6]　迁其私人[7]　第三章

王遣申伯　路车乘马[8]

我图尔居　莫如南土

锡尔介圭[9]　以作尔宝

往近王舅[10]　南土是保　第五章

申伯之德　柔惠且直

揉此万邦　闻[11]于四国

吉甫作诵[12]　其诗孔硕

其风[13]肆好　以赠申伯　第八章

1. 山之高大貌。　2. 大岳。姜姓之祖伯夷被视为其山神。　3. 皆为姜姓国。　4. 树干。作为中心的国家。　5. 设置耕作的田地。　6. 近侍之臣。　7. 农耕民。　8. 大车与四匹马。　9. 玉器。赠与而为封建的象征。　10. 后妃之父。岳父。　11. 著名。　12. 大声朗读的诗作。　13. 歌谣的状况。

申是姜姓之国，他们的祖神伯夷相传是大岳之神。姜姓所辖四国，世代与周皆有通婚的关系。如今申伯将入谢城，王送其于王都之郊，并赠与各种证明封建的赠物，吉甫遂作此诗以壮此行。像这样为了特定目的而作诗，在此前几无先例可寻；之后吉甫在仲山甫奉王命出使齐国时，也作了《烝民》一篇以赠：

天生烝民[1]　有物有则[2]

民之秉彝[3]　好是懿德[4]

天监有周　昭假于下[5]

保兹天子　生仲山甫[6]　第一章

仲山甫出祖[7]　四牡业业[8]

征夫捷捷[9]　每怀靡及[10]

四牡彭彭[11]　八鸾锵锵[12]

王命仲山甫　城彼东方　第七章

四牡骙骙[13]　八鸾喈喈[14]

仲山甫徂齐　式遄其归

吉甫作诵　穆如清风[15]

仲山甫永怀[16]　以慰其心　第八章

1. 上天将这些下民降于世上。　2. 存在的事物皆有理法作为根据。 3. 遵守常道。　4. 优秀的德性。是说人的德性也是天性。　5. 照临下界。"假"为"格"的假借字，指临到。　6. 为了保卫天子，天帝将仲山甫派到地上。　7. 送别的仪礼。饯行。　8. 四驾马车威风凛凛。　9. 手脚勤快，令人满意。　10. 惜别之语。　11. 强健貌。　12. 马所挂的铃铛发出声响。　13. 奔跑不停的样子。　14. 铃声整齐。　15. 心里的话儿如同清风吹拂。　16. 心里有所思。

《崧高》由神话传承开始庄重歌咏；《烝民》亦使用仲山甫因天命而被派降临人间这种神话性表达。两诗中都有"其诗孔硕""穆如清风"这样对其诗的溢美之词作为结尾，可见残留着很强的咒歌性质。在诗的格调方面，在诗篇的性质方面，都使人强烈感到人麻吕的宫廷歌特点。但是吉甫并非人麻吕那样的职业作歌者，《小雅·六月》即说他随王亲征猃狁而立大功，歌曰"文武吉甫　万邦为宪"，是一位武勋卓著的武将。《烝民》一诗，以其文辞深厚称名于世，极似金文之毛公鼎。或许这篇鼎铭，即出于这样的宫廷高官之手。

根据《诗序》，被视为吉甫之诗的还有《韩奕》与《江汉》。

《韩奕》歌咏的是韩侯行完朝见之礼回归本国时,周王与之送别。第一章歌曰:

> 奕奕[1]梁山[2] 维禹[3]甸之
> 有倬其道[4] 韩侯受命
> 王亲命之 缵戎[5]祖考
> 无废朕命 夙夜匪解
> 虔共[6]尔位 朕命不易
> 榦不庭方[7] 以佐戎辟[8]

1. 高山连绵。 2. 韩城附近的山。 3. 古时治理洪水的神。被视为夏王朝的祖神。 4. 通过韩的平坦大道。 5. 以下为任命之语。与金文形式相同。 6. "共"同"恭"。恭敬。 7. 不从王命之国。 8. 所事奉的人。国君。

其表现与后期金文的用语十分接近。《江汉》则述及召伯虎征伐江淮二水之间的东南夷,武威赫赫。其第五、六章歌曰:

> 釐尔圭瓒[1] 秬鬯一卣[2]
> 告于文人[3] 锡山土田
> 于周受命 自召祖命[4]
> 虎拜稽首[5] 天子万年 第五章
> 虎拜稽首 对扬[6]王休
> 作召公考[7] 天子万寿
> 明明天子 令闻不已[8]
> 矢其文德[9] 洽此四国 第六章

1. 斟清酒的玉器。 2. 盛清酒的酒器。 3. 指先祖。 4. 召家先祖，用于任命召公时的仪礼。 5. "拜"指下跪。"稽首"指俯首至地。为感谢任命之礼。 6. 回答。 7. "考"为"簋"的假借字。指制作先祖的祭器。 8. 同"命名"。好名声。 9. 卓越的德性。

亦与后期金文的末文形式完全一致。

这些列为《大雅》最后部分的诗篇，歌咏的是当时有力的诸侯廷臣之家的荣光，应该由这些家族传承下来。《大雅》的最后一篇《召旻》，或许即是召公的家诗。可能在幽王末年，大饥馑袭周，周之命脉已经陷于危殆，导致民众流亡，领土荒废。第一章歌曰：

旻天疾威[1] 天笃降丧[2]
瘨我饥馑 民卒流亡
我居圉[3]卒荒

1. 天将威灵降于地上。 2. 丧乱。 3. 指都鄙。

不仅草木失去生机，水草也变得枯黄。国势就这样日渐衰败下去。末章有云：

昔先王受命[1] 有如[2]召公[3]
日辟国百里
今也日蹙国百里[4]
於乎哀哉 维今之人 不尚有旧[5] 第七章

1. 指文武受命。 2. "如"为强烈的指示词，指"正像这样"。 3. 指周初的召公。 4. 指失去领土。 5. 不尊重传统。

由饥馑带来的社会动乱当中，传统亦在丧失，如今每日都会失去近百里的国土。但这并非召公一家之叹。周王朝正是在此种状态下，一路走向了灭亡。

十月之交

探求诗篇绝对年代的努力，从来都不乏各种尝试。诗篇中能看见很多人名，歌咏了种种事件，因此若能找到一个定点，则探寻其相互间的关系，亦能设定诗篇的中心时期。这里首先要举出的便是《小雅·十月之交》。此诗歌咏了十月朔辛卯（十月一日辛卯日）的日食：

  十月之交 朔月辛卯[1]
  日有食之 亦孔之丑[2]
  彼月而微 此日而微
  今此下民 亦孔之哀 第一章
  日月告凶[3] 不用其行[4]
  四国无政 不用其良[5]
  彼月而食 则维其常
  此日而食 于何不臧 第二章
  烨烨[6]震电 不宁不令
  百川沸腾[7] 山冢崒崩[8]
  高岸为谷 深谷为陵[9]

哀今之人　　胡憯莫惩　　第三章
　　1. 一个月的第一天。　2. 指全食。　3. 恶兆。　4. 日食被视为起因于日月的运行失去常轨。　5. 正直之人。　6. 刺眼的电光。　7. 河水沸腾。8. 山崖崩塌。　9. 地壳变动。指地震。

这应是近于日全食的日食。日食可以通过沙罗周期（以十八年作为日食的周期）①计算得出，因其绝对年代可以求出，故而推断其发生年份，是近代研究者的课题之一。旧说有幽王说与厉王说，而以幽王六年（前776年）之说最为有力。传为战国期记录的整理之著《今本竹书纪年》提到，幽王二年，岐山有大地震，三年冬又有大震电，六年即有日食的记事。而厉王期说见于《郑笺》，王国维认为此诗中的皇父即金文中的"函皇父"，还有诗篇中所见之"艳妻"即为由函氏入嫁的厉王妃，郭沫若亦从此说。然而研究历法的专家认为，在当时并无与此一致的日食，通过计算得出，除平王三十六年（前735年）而外，难以出现十月朔辛卯的日食。松本雅明由此认为，"二雅"的时代全都下至春秋期；东迁后已历经数十年，远离东周的岐山大地震，很难设想会对周之贵族社会造成如此冲击。

诗篇当中，可见到当时执政诸官的名字，还有迁都的计划与国内分裂的状态。

皇¹父卿士　　番维司徒
家伯维宰　　仲允膳夫

---

① 天文学术语，指以十八年为周期日食和月食重复出现的规律性。——编者

聚子内史　蹶维趣马

橘维师氏　醋妻煽²方处　第四章

皇父孔圣　作都于向³

择三有事⁴　亶侯多藏⁵

不慭遗一老　俾守我王⁶

择有车马　以居⁷徂向　第六章

悠悠⁸我里　亦孔之痗

四方有羡⁹　我独居忧

民莫不逸¹⁰　我独不敢休

天命不彻¹¹　我不敢效我友自逸　第八章

1.以下至第七句，皆指在王朝做高官的人。"卿士"为大臣。"司徒"掌管内务。"宰"相当于家老之职。"膳夫"司掌大膳，当时亦司掌诏书。"内史"掌管祭祀与内政。"趣马"即走马，为侍从长。"师氏"为将军。　2.宫廷之女。可能是有女巫权力的人。　3.地名。或说为河南孟县，未详。　4.亦称三事。行政长官。　5.有经济力量的人。　6.竟然不想留下一个老臣，来保护周王。　7.连同家财。　8.没有尽头。　9.周围的人都很舒心。　10.逃离于这场危难之外。　11.命运因人而异。

第八章歌咏到作者的立场，是对迁都派的皇父持反对立场的人。

王国维等人根据函皇父之器，推断诗篇中的艳妻就是函妻，是不正确的说法。王后夫人并不能如此来读，而且函皇父为其女琱娟在其出嫁时做了很多媵器（嫁妆），可知其姓为娟。琱娟可能是在宣王初年嫁给宰相琱生做夫人，所以其父皇父大抵是夷、厉期的人。

番氏有番匊生壶，其上有"廿又六年十月初吉（第一周）己卯"的日期记录，这个日期与厉、宣二王的历谱不合，应属之前的夷王纪年。诗篇中的"番"想来就是这个番匊生家。同时，还有番生簋之器传世，据其铭文，则番当时司职辅佐王。

楀应该即是叔向父禹簋、禹鼎中可看到的"禹"。禹鼎中说，禹奉王命讨伐南方的噩侯，取得极大战果。此为堪配将军师氏之职的武勋。歪噩则据噩侯鼎，先是入朝参观，后率南淮夷、东夷起兵谋反，王下达严命"毋遗寿幼（老少）"，派遣禹出征。禹鼎中记载此次叛乱说："乌虖哀哉！用天降大丧（祸）于下国（诸国），亦唯噩侯驭方（噩侯名），率南淮夷、东夷广伐南国、东国，至于历寒（地名）。"此处的"大丧"具体何指已不得而知，但无疑是足以诱发噩侯叛乱的重大事件。令一时归顺了的噩侯决意叛乱，或因判断周由此大受打击，想要大举反击颇为困难。所以王才大发雷霆，下达了"毋遗寿幼"的歼灭命令。

皇父之名还见于《大雅·常武》首章的"大师皇父"，皇父受命讨伐南国。第二章有云：

王谓尹氏[1]　命程伯休父[2]
左右陈行[3]　戒我师旅[4]
率彼淮浦[5]　省[6]此徐土[7]
不留不处[8]　三事[9]就绪

1. 官名。司掌王命。　2. 人名。"程"为国，"休"为名。　3. 整备军阵。　4. 军队。　5. 淮水之畔。　6. 淮水中游之地。　7. 以武力视察。　8. 不停滞。　9. 指行政。

程伯休父，或者即是金文休盘（休所作之盘）中得见的走马

（官名）休之家。休盘中有"二十年正月既望（第三周）甲戌"的纪年，此日辰与夷王的历谱相合。《常武》之中歌咏王之亲征，休父亦随其征役。徐方是淮水流域的国家，所以与禹鼎中提及对噩侯驭方的讨伐乃是不同的战役。

诗篇所提及的皇父、番、禹、休等的有关器物，从器制、铭文或与其他器物的关联来看，都是属于夷王期后半的器物。按其铭文，休盘作于夷王二十年，番匊生壶则为夷王二十六年之器。这些都是夷、厉期重臣的器物；在幽王期的《十月之交》时，历代世袭之臣的家族依然保有威势。

诗篇中所述迁都于向，应是一时强行所为，不久便遇到挫折，相关者多半失势。函皇父之器于靠近岐山的扶风县任家村出土百余件，是其为一时隐匿埋入坑中之物，并非墓葬中的陪葬品。显示出土状况的所有出土器物，其种种方面都能看出，可能是在政变等突发情况下，将这些祭器一时埋葬以求避难。当时，距其地很近的岐山便居有克氏一族，是将幽地都收入其支配之下的豪族。克氏之器除皇父执政时期，此前此后亦多有存留，其中大克鼎、小克鼎与钟、壶等器，多为精美良品。因其皆为青铜器，出土的器物未必是当时遗品的全部，据此无法得出充分的立论；但当时豪族之间势力剧烈消长的事实，却可以推断出来。

补记：从天文学上来讲，平山清次说自是难以撼动，但以金文中所见人名之关系来看，依然需要将其放入西周末期。因此，我此前拜托专家小贯章博士①，尝试重新考查奥泊尔子②的日食表。但以十月朔辛卯的条件，除此之外绝无出现；若月份与干支不变，即难以得出与此不同的结论。但最近刊行的斋藤国治氏《古天文学的散步道》，认为"十月"是古代记录之"七月"的误读，并且介绍了认其为幽王元年七月朔辛卯的S. T. 约翰逊之说。设定幽王元年元旦为甲午时，则与此谱相合。七误读为十之例，在金文释读之中多见；翌二年有三川大地震，与《十月之交》所歌相合。就是说，《十月之交》应视为传诵幽王二年之时的状况。平成十年六月记。

诗产生于古代秩序的崩塌之中。《国风》的诗篇，乃是在古代氏族制崩溃的过程中找到自己产生的推力；而"二雅"的世界，同样可以说诞生于贵族社会的混乱与衰颓之中。除若干仪礼性诗歌以外，"二雅"多半具有政治诗与社会诗的特性。

丧乱之诗

《十月之交》之后的数篇都是丧乱之诗，应为西周末期之作。《十月之交》歌咏的是迁都于向，而《雨无正》则歌咏了此后旧都的混乱。第一章中的"旻天疾威"（上天以威灵降下灾难），是指广阔地域上的饥馑惨害。在由地震引发的荒废之后，紧随着袭

---

① 小贯章，冈山理科大学应用物理学科博士，著有《中国古代史与日食》一文，本段引用之结论亦见于此文中。
② 奥泊尔子（Th.V.Oppolzer），著有《日月食典》一书。

来饥馑。上天何以在此罪孽上再降下如此灾祸，带给无辜民众以苦难？

> 周宗[1]既灭　靡所止戾[2]
> 正大夫[3]离居[4]　莫知我勚[5]
> 三事大夫[6]　莫肯夙夜[7]
> 邦君诸侯[8]　莫肯朝夕
> 庶曰式臧[9]　覆出为恶[10]　第二章

1.周之都城。指迁都。　2.定都之处。　3.负责都政的人。　4.离开都城。　5.被留下的人的劳苦。　6.负责行政的人。　7.同"朝夕"。指在王宫伺候。　8.族长与诸侯们。　9.表面赞成。　10.在背后批评。

迁都以后，旧都荒废，年轻力壮之人无一留下。正大夫离去了，职守三事的官员和邦君诸侯们也不再来朝夕夙夜参觐廷礼。

> 谓尔迁于王都[1]　曰予未有室家[2]
> 鼠思泣血[3]　无言不疾[4]
> 昔尔出居[5]　谁从作尔室[6]　第七章

1.请求归还王都。　2.可住之家。　3."鼠思"指垂头丧气。"泣血"指流血流泪。　4.唯有感叹。　5.离开王都时。　6.靠谁的力量来过活呢？

此为呼吁离弃王都的人们之语。劝他们回到王都，然而他们的住家都没有了。留守王都的少数人，只能鼠思泣血，哀叹连声。想想以前你来王都，是靠谁的恩惠有了室家？满心是对往昔的思念，然而靠个人情义却无法解决问题。

迁都于向，可能是皇父一人决定。周王独自留守旧都，支持他的王党派被皇父的势力压倒。无人响应王党派的号召，回到旧都来。国内完全处于分裂的状态。

此诗中有"周宗即灭"之语，故而一般解释为东迁后的诗歌。然而正大夫离居，邦君诸侯亦不伺候，可见宗周还有王留守。如《十月之交》中，皇父偕有势力的豪族官僚迁都于向，"不慭遗一老　俾守我王"，则周王是被遗弃在了旧都。所以此诗应解释为歌咏皇父迁都事件之诗。

其次的《小旻》一诗也是歌咏当时情形的诗歌。诗中写了天降威灵、国家举步维艰之际，庙议分裂、不可收拾的混乱状态。

> 我龟[1]既厌　不我告犹
> 谋夫[2]孔多　是用不集[3]
> 发言盈庭[4]　谁敢执其咎[5]
> 如匪行迈[6]谋　是用不得于道　第三章
>
> 1.灼烧龟甲来占卜。　2.发表意见的人。　3.没有成就。　4.朝廷。
> 5.负发言的责任。　6.擦肩而过的旅人。

龟卜过于频繁，就无法得出准确的判断。议论太多，犹如以舟登山。然而发言的结果，并无人肯承担责任。如同听取路人的意见，只能做出荒唐的事情。国家的命运随波逐流，作者怀着忧苦警告"如彼泉流　无沦胥以败"（第五章），提醒人们自重。

> 不敢暴[1]虎　不敢冯[2]河

人知其一³　莫知其他

战战兢兢⁴

如临深渊　如履薄冰⁵　第六章

1.徒手与虎搏斗。　2.徒涉河流。　3.固执一端的意见。　4.因恐惧而非常小心。　5.在薄冰上走。

徒手斗虎，激流涉河，都是危险的事情。需要考虑周全，慎重对待。必须战战兢兢，如临深渊，如履薄冰。其末句在《小宛》也可看到，故此诗也可能是该时期的作品。

丧乱的原因之一，在于谗言横行，人际关系陷入极度的不信任之中。这时代充满疑惧，无罪者反受其罪。《巧言》里说"君子信谗　君子如怒　乱庶遄沮"，祈求执政者有敢于怒斥谗言的勇气。还有"君子屡盟　乱是用长　君子信盗　乱是用暴　盗言孔甘　乱是用餤"，憎恶不负责任的言论。"盗"的古老语义是指盟约的背信者、脱离共同体的逃亡者。这样的人在王的周边，使得秩序混乱。不将他们放逐，则秩序恢复无望。这种愤怒在《巷伯》一诗中表现如下：

骄人¹好好²　劳人³草草⁴

苍天苍天　视彼骄人

矜此劳人　第五章

彼谮⁵人者　谁适⁶与谋

取彼谮人　投畀豺虎

豺虎不食　投畀有北⁷

　　　　有北不受　　投畀有昊[8]　第六章
　　　1.掌权的得意之人。　2.快乐貌。　3.于埋没之处劳苦的人。　4.劳苦疲惫貌。　5.进谗言。　6.主谋。　7.北方极地的恶神。　8.天神。

"有北""有昊"是可怕的邪神恶灵居住的世界。要把他们放逐到这样的边境。此诗的作者在末章说"寺人孟子　作为此诗　凡百君子　敬而听之"。则作者为王的内侍之臣——寺人孟子。

此期的诗，多以人际关系的崩坏为主题。周末社会性的崩坏，就起因于这种人们之间的不信任。这种状况出现在《十月之交》以来的天变地异、自然秩序崩溃之后；或许正是在这种怨嗟里，民众的愤怒终于爆发，发生了周王留在旧都而复作别都的事态。周初以来的秩序，便因如此人际关系的破裂而丧失，导致政治的危局。再加上外族的入侵，遂终于走向灭亡。

西周的挽歌

所谓宣王中兴之业，其实不过是进一步加强了拥立王室的少数豪族势力，周的内部矛盾日益加深，一路走向灭亡。当时的执政是《小雅·节南山》中提及的尹氏大师。他属于西周最后一位王——幽王的时代。

　　　　节[1]彼南山[2]　维石岩岩
　　　　赫赫[3]师尹[4]　民具尔瞻[5]
　　　　忧心如惔[6]　不敢戏谈[7]

国既卒斩　何用不监[8]　第一章

1.高高耸立。　2.终南山。　3.权势盛大貌。　4.大师尹氏。　5.注视其行动。　6.忧虑得如同烧心一般。　7.没有闲心开玩笑。　8.不反省这一事实。

宗周的灭亡人人都一目了然，但是师尹却毫不担心，只是抓紧聚敛自己的权力，对国民的穷乏亦毫不在意。

尹氏大师　维周之氐[1]

秉国之均[2]　四方是维

天子是毗　俾民不迷

不吊昊天[3]　不宜空[4]我师　第三章

1.柱石。　2.国政。公平的政治。　3.不合天意。指有灾祸。　4.变得穷乏。

大师之职，本当作为国家柱石之臣守护秩序，上助天子，下安人民。但缘何上天不念下民，使得许多民众陷入贫苦困顿？国政紊乱，诸方叛乱迭起，周的领土日益减少，处于"我瞻四方　蹙蹙（缩小貌）靡所骋"的状态。上天震怒，国家不宁，而周王没有自己的决断，放任混乱，原因又何在？作者自道其名说"家父作诵　以究王讻"，求周王负起责任。"家父"是在春秋初期（《春秋·桓公八年》之《经》）即见其名的人。

之后的《正月》之诗是长达十三章的长诗，对此古代王朝的崩坏情景详尽记述。第一、二章述及正月繁霜，季节失序，在难以挽救的忧伤之中，悲叹自己为何生在如此时代。此后歌曰：

忧心惸惸[1]　念我无禄

民之无辜　并其臣仆[2]

哀我人斯　于何从禄[3]

瞻乌[4]爰止　于谁[5]之屋　第三章

1. 独自忧愁貌。　2. 因罪过成为不自由民。　3. 追求幸福。　4. 恶鸟。喻恶人。　5. 指当权者。

此时，百姓连安身之处都没有。可是，那乌鸦落在谁家的屋顶上？只有接近当权者的人才得享安荣，否则就只能以无罪之身沦为奴隶。追求幸福之路已经全部关闭。

谓山盖卑　为冈为陵

民之讹言[1]　宁莫之惩[2]

召彼故老[3]　讯之占梦

具曰予圣　谁知乌之雌雄[4]　第五章

1. 指谎言。　2. 抑止。　3. 了解传统的人。　4. 意指贤愚不分，皆无价值。

高耸的冈陵也说成低矮，价值已然颠倒。为政者因何不纠正这样混乱的言论？于是去询问故老：为何会出现这种混乱？故老说，因为大家都把自己当作圣人啊。可乌鸦的雌雄谁能分出呢？在价值颠倒的社会，像"视天梦梦（呆然混乱貌）"（第四章）这样，连上天都给不出明确的答复。人在天地之间无处寄身，只能感叹"谓天盖高　不敢不局（曲身）　谓地盖厚　不敢不蹐（弯背）"（第六章）。虽已一时隐身，却仍无法逃脱苦难。

鱼在于沼　亦匪克乐

潜虽伏矣　亦孔之炤

忧心惨惨　念国之为虐　第十一章

贫富差距悬殊，公平丧失，秩序遭到无视。长诗以"哿矣富人　哀此惸独（无依无靠的人）"这样孤独者的怨嗟之声而结束。

价值的颠倒还意味着身份制的崩溃。如《小雅·祈父》一诗，连旧日王室的亲卫都因生活变故而哀叹：

祈父[1]　予王之爪牙[2]

胡转[3]予于恤　靡所止居[4]　第一章

1. 近卫军师团长。　2. 禁卫的武人。金文亦有此语。　3. 失去地位。　4. 安稳地居住。

又如《四月》一篇：

冬日烈烈[1]　飘风发发[2]

民莫不穀[3]　我独何害[4]　第三章

滔滔江汉[5]　南国之纪[6]

尽瘁[7]以仕　宁莫我有[8]　第六章

匪鹑匪鸢　翰飞戾天[9]

匪鳣匪鲔　潜逃于渊[10]　第七章

1. 严寒。　2. 疾风猛烈地回旋而吹。　3. 幸福地生活。　4. 生活被破坏。　5. 水流盛大的长江和汉水。　6. 守备上重要的地点。　7. 疲惫痛苦。　8. 抚慰劳苦。　9. 无法像鸢和鹰一样逃到天上去。　10. 也不能像鲤鱼鲔鱼一样潜入深渊。

无处安身，只能独自负起征役之苦。末句歌咏"君子作歌　维以告哀"，然而歌声却传不到为政者的耳中。

> 溥天之下[1]　莫非王土
> 率土之滨[2]　莫非王臣
> 大夫不均[3]　我从事独贤　第二章
> 1. 天所覆盖的尽头。　2. 地所延续的极限。　3. 为政者的政治缺乏公平。

《北山》之篇即有如此名句，而此诗也在控诉负担不公。此诗又歌曰：

> 或不知叫号[1]　或惨惨[2]劬劳[3]
> 或栖迟[4]偃仰[5]　或王事鞅掌[6]　第五章
> 1. 在外面大声指挥劳作。　2. 痛苦哀伤貌。　3. 拼命劳作。　4. 见《陈风·衡门》（参见本书30页）。指秘密约会。　5. 随便躺倒。　6. 执行公务。

栖迟偃仰为冶游之意。在此时局之中，还有一方之人过着如此颓废的生活。

《大雅》最后部分的《桑柔》《云汉》《瞻卬》等诗，也是这个时期的作品。在《桑柔》中有"乱生不夷　靡国不泯　民靡有黎（健朗的面色）　具祸以烬　於乎有哀　国步（国之命运）斯频"之句。天降丧乱，稼穑遭到虫害，唯有仰天长叹。但国家的灭亡，绝非单纯因为天灾。而是如"谁生厉阶（混乱的开端）　至今为梗（道路阻塞）"（第三章）这样，步入危局的道路由于迄今失误的政治积累而成，因之到如今已是积重难除。"我生不辰　逢天僤怒"（第四章），上天的震怒没有消解的办法。在《云汉》一诗里反复写到"大命近止"之语，是说人们都自觉到亡国的命运迫在眉睫。

倬¹彼云汉²　昭回³于天
王曰於乎　何辜今之人
天降丧乱　饥馑荐臻
靡神不举⁴　靡爱斯牲⁵
圭璧⁶既卒　宁莫我听　第一章

1.明亮耀眼。　2.银河。　3.环绕闪亮。　4.祭祀。　5.牺牲。　6.献给神祇的玉。

因为大旱之故，作物枯死。人们不惜将牺牲玉帛奉献给所有神明来祈求，但神明的怒火无法消解。饿死的人相续出现，正是"周余黎民（人民）　靡有孑遗（残存者）"的状态。

旱既大甚　则不可沮
赫赫炎炎¹　云我无所
大命近止　靡瞻靡顾²
群公先正³　则不我助
父母先祖　胡宁忍予⁴　第四章

1.指炎热的干旱天。　2.老天不可怜我。　3.久远的先祖们。　4.被抛弃。

远古的先祖与父母之灵，而今已经将我抛弃。上天也不再顾惜周的命运。"大命近止　无弃尔成（迄今的成果）"，这样守卫祖业的必死之愿已经成空，周终于灭亡了。

有关周的灭亡，《史记·周本纪》记载了如下秘闻。幽王起初娶了申后，之后宠爱褒姒，便废掉申后所生的太子。褒姒是不笑的美人，幽王试尽一切办法，都未能得见她的笑颜。于是在并无外族入侵时，点燃烽火召集诸侯，终得褒姒一笑。因此幽王频燃烽火，无事召集诸侯，以求褒姒之笑。此后，因怒申后被废，申侯引犬戎攻打幽王。幽王急举烽火，诸侯却没有前来，最终幽王被杀于骊山，周随之灭亡。此是否系事实已不得而知，《瞻卬》则歌咏周之灭亡有云：

　　哲夫[1]成城[2]　哲妇[3]倾城

　　懿厥哲妇　为枭为鸱[4]

　　妇有长舌[5]　维厉之阶[6]

　　乱匪降自天　生自妇人

　　匪教匪诲[7]　时维妇寺[8]　第三章

1. 才智卓越之人。　2. 喻建立国家的基础。　3. 耍小聪明。　4. 猫头鹰和老鹰。恶鸟。　5. 擅长饶舌。　6. 开始。　7. 无从教导，无处下手。　8. 妇人及其随侍的宦官。

这里说的并非暗愚的妇人，而是能左右国政的妇人。将此妇人视为亡国的直接原因，似是当时定论，《小雅·正月》亦直指其名，歌曰"赫赫宗周　褒姒灭之"。这或许是举此妇人之名，来指责外戚等人的横暴。《瞻卬》之中还有：

人有土田[1]　女反有[2]之

人有民人[3]　女覆夺之

此宜无罪　女反收之

彼宜有罪　女覆说[4]之　第二章

1. 所有地。　2. 侵吞。　3. 仆人，用人。　4. 释放。

则周的灭亡非因不笑的褒姒，而因哲妇褒姒。希望权力者的爱妻，总不要太像哲妇才好。

幽王期的《节南山》中提到的"大师"，或许就是金文柞钟里出现的"仲大师"。柞钟有"此王之三年三月初吉（第一周）甲寅"的日期标注，此日期在西周后期唯适于幽王历谱。仲大师给柞礼服和官职，柞为报答仲大师的恩赐，作此编钟。在幽王期，完全没有记载王行廷礼的铭文，王室的权威都已归于仲大师等当权者的手中。包括此编钟在内的器群共有三十九件，一并出土于陕西岐山附近的扶风齐家村坑中。这些器物并非随葬品，而是急切中掩藏之物。此器群与夷、厉期皇父诸器的出土状况相同，或是在东迁时隐藏于土中。这样，赫赫宗周就此灭亡，只有《桑柔》以后的数篇诗歌，作为周的挽歌将哀韵流传至今。

第六章

诗篇的传承与诗经学

入乐之诗

民谣本是传承文学,也是口诵文学。民谣被记录下来传诸后世,即是民谣开始失去本身地位之时。据说《万叶集》之东歌乃经前往东国的高级官僚之手所记,平安期的歌谣亦由《梁尘秘抄》等书传播开来。所有这些,都是贵族与公卿成为最后的保存者。

中国自古有采诗官一职,专司采集民谣以考察各地风俗,用作政治上的参考。这便是诗篇古典化之后的解释。民谣被采撷为贵族们的宴游之歌,逐渐在其社会里流行开来。《国风》与《小雅》之间的交融于兹开始。

《小雅》的《采薇》与《出车》是贵族社会的征役之诗,或许曾用为军歌。如前文所述,《采薇》的第四章可见《召南·何彼襛矣》的内容,《出车》的第五章可见《召南·草虫》的内容(参见本书81页),这意味着在创作《小雅》的诗篇时,《国风》之诗已为社会所知。此外,《菁菁者莪》第四章中的"泛泛(漂流)杨舟 载沉载浮 既见君子 我心则休(安稳)",与《頍弁》第一章中的"茑与女萝 施(缠绕而上)于松柏 未见君子 忧心奕奕(激烈) 既见君子 庶几说怿(满意)"等,明显是作为恋爱诗的民谣表达。此类例子不胜枚举。

《国风》的原则是逐章以同一形式进行反复的叠咏。之所以有此需要,乃因此种歌谣的性质在于多人唱和。而在《小雅》之中,也多见叠咏形式之诗,无论是表达方面还是修辞方面,很多都具有民谣的特性。仪礼性歌谣之中,也多采用这样的形式。古时的乐歌也多以叠咏形式为原则。

但是随着乐器发达、乐律复杂,诗篇的形式也变得复杂多样。有时会加入既存的歌谣,也会对原歌进行改编,创作出新的诗篇。《诗经》的开篇之作《关雎》,即是作为乐歌用于贵族飨宴,想来已不是此诗的本来面貌:

关关[1]雎鸠[2]　在河之洲
窈窕[3]淑女　君子好逑[4]　第一章
参差[5]荇菜[6]　左右流之
窈窕淑女　寤寐[7]求之　第二章
求之不得　寤寐思服[8]
悠哉悠哉　辗转反侧[9]　第三章
参差荇菜　左右采之
窈窕淑女　琴瑟友之　第四章
参差荇菜　左右芼之
窈窕淑女　钟鼓乐之　第五章

1.相互鸣叫声。　2.鱼鹰。　3.端庄貌。　4.般配的妻子。　5.争相繁茂貌。　6.荇菜,金莲儿。　7.瞌睡、醒来之间。　8.不断地想。　9.睡觉时翻身。

以诗形划分，此诗含有三种形式。第三章是承接第二章章尾而歌的承递形式；除此章外，其他各章都有"窈窕淑女"之句。但是这种形式，却不同于第一章和第三章以下各章前两句的表达。葛兰言记此诗的主题为"河岸相会，采草集会，忧惧，分居与女子的隐栖，无眠，和谐与音乐。注意诗句的复唱与一些相互有联系的事物，后者使本诗充满了哑剧的气氛"。① 但此诗应该并没有这种民谣性的表达。

"雎鸠"的表达，是为了唤起"好逑"。雎鸠被解释成为一种和善的鸟类，而实际上它是一种栖于河岸崖壁、捕获鱼类的猛禽。将此用为对淑女君子的表达，实在未见得合适。

采摘"参差荇菜"，从《召南》的《采蘩》《采蘋》之诗即可得知，是为祭事而做。对于祭事的供奉，是氏族妇人们的事情，需年轻女子担任。这便适于点出窈窕淑女，但这样的表达其实属于祭事诗。或许"参差"三章，原本就是采集水草祭祀祖先的祭事之诗。而供奉祭祀的年轻妇人，当是修改为恋爱诗的表现。

由此考量，则第一章的表达是否原本也属于祭事之诗，亦颇有疑问。祭事诗中多有以鸟为表达者。《大雅·凫鹥》就是叠咏形式的祭事诗：

　　凫鹥[1]在泾[2]　公尸[3]在燕[4]来宁
　　尔酒既清　尔肴既馨
　　公尸燕饮　福禄来成　第一章

---

① 葛兰言：《古代中国的节庆与歌谣》，赵丙祥、张宏明译，前引书，98—99页。——编者

　　　　1. 野鸭、鸥等。　2. 河名。　3. 祭祀时的形代①。扮成祖灵。　4. 神灵降临，享受供物。

先歌咏凫鹥，在以下各章的章首皆加以同样形式之句。在《万叶集》之中亦有：

　　　　岛之宫沟上　池中多有鸟　因恋人所目　从未潜池中　《万叶集》二·一七〇
　　　　（島の宮勾の池の放ち鳥人目に恋ひて池に潜かず）

　　　　岛埘上雁巢　立此饲雏幼　雏飞檀冈上　归去来还访　《万叶集》二·一八二
　　　　（鳥埘立て飼ひし鴈の子巣立ちなば檀の岡に飛び帰り来ね）

这些都属于殡宫之歌，是用以祭祀死者的。

含有各种不同吟咏方法的《关雎》之诗，可能是由此编纂而成的；这种想法早经由青木正儿博士指出。想来原诗本是祭事之诗。将民谣作为乐歌而引入，亦多见于《小雅》之诗，因其适合充作贵族飨宴的乐歌，遂将古代祭事诗的歌谣进行改编，创作出这样优雅的诗作，并进行编曲。至于该乐曲之美妙，可见于《论语·泰伯》篇里孔子的赞叹，说其乱"洋洋乎盈耳哉"。

《周礼》与《礼记》等文献所见当时的乐歌，作为贵族飨宴上升堂着席时的升歌，可歌《小雅》之《鹿鸣》《四牡》《皇皇者华》三篇。之后行仪礼间不用声诗，而吹奏《南陔》《白华》《华黍》

---

① 日语用词，指祭神时的神灵替代物。——编者

三篇笙曲。飨宴开始时，可歌《鱼丽》《南有嘉鱼》《南山有台》等祭事诗与祝颂诗，以及吹奏《由庚》等笙曲。结束时，可合奏《周南》之《关雎》《葛覃》，《召南》之《鹊巢》《采蘩》《采蘋》，并由乐师演唱。从这些诗篇各自的内容来看，这些乐歌是否于此歌咏尚有疑问，况且都被视为入乐之诗。在比较随意的宴席上，其他诗篇也会自由歌咏。在入乐之诗中，即便惯例的诗末要选用一定的形式，但所有的诗篇原本都是乐诗。入乐之诗未曾提及的《魏风·伐檀》，其声曲倒颇为精彩，到六朝晋时仍有旧曲流传。决定入乐之诗的定型之前，是乐师传承的时代，乐律的整理等或许也是经由他们而进行。《关雎》之诗，想来也是在此一时代，由乐人们作为仪礼乐诗创作的。它本来并不是民谣，而是对祭事诗加以编曲的作品。

乐师传承的时代

民谣的采集由乐师进行，以供贵族宴游之歌，这是远古时期就有的事情。《小雅》的诗篇中多有民谣诗插入，或采用民谣性表达之诗，由此亦可得知。这些人当是事奉宫廷的部民乐工，乐长被称为大师，其下多为乐师。

《论语·微子》篇记有王朝崩坏，乐人们四散诸方的状态。大师挚至齐，亚饭干至楚，三饭缭至蔡，四饭欠至秦，司鼓方叔逃往河内，司太鼓武入汉，少师阳与击磬襄赴东海。这或许是讲在西周灭亡时，王宫里的乐人失去寄身之所而四散的事。大师、少师是乐长，亚饭、三饭、四饭是飨宴时因要数次行宴饮，而担任各自歌乐的乐人。如今"二雅"之诗的编次，尚有这种不同担当的痕迹残留。宴饮多需一日，有时还会彻夜而行，乐人们自然要分成若干小组才行。

鲁襄公二十九年（前544年），以贤者著称的吴公子季札访鲁。当时鲁传承了周之礼乐，季札遂求乐工歌诗。此时所歌之诗的顺序为：

周南　召南　邶鄘卫　王　郑　齐　豳　秦　魏　唐　陈　桧　曹　小雅　大雅　颂

则《国风》的编次与现在的《诗》截然不同。季札此时就各国《国风》，通过诗篇对政治与风俗加以批判。这种将诗作为政治参考，可能是根据以后的观念创作出的传说。但是《左传》写作时诗篇之编次与现本不同，于此倒可以得知。

贵族们不止在仪礼性的飨宴之际，在日常宴饮时也会演奏乐歌来娱乐。乐人是目盲的瞽师。他们不只是乐官，也多半作为语部^①通晓传说故事，会与诗合并在一起将诗篇传承下来，也会自行加上解释来讲述。据《国语·周语上》，作为天子政治的参考，公卿与士大夫献诗，瞽献曲，史献书，师献箴（劝诫之言），瞽盲者以赋颂讲述故事与古言，百工（官吏）进谏言。乐曲与故事的传承者，应是目盲的瞽师，也就是瞽史。

《左传》多载赋诗传说，那就是公家飨宴之际，参加者让乐

---

① 语部，记载言行的官人。

工赋诗，以传达己意。《左传》是战国期编成的书，或者当时尚知晓此种风尚，又以此事实为背景创作出种种传说故事。该书作者被认为是左丘明，《史记》里说"左丘失明，厥有国语"。《国语》是与《左传》同一系统之书，载录语部的传承，想来《左传》也有瞽师与瞽史的传承流传下来。

瞽师是乐人，但在当时也是通晓古老传承的知识人。在诗篇的解释里加入种种传说故事，赋予诗歌以道德意义，或许正是他们所为。孔子在组织儒学、用诗篇作为教科书时，即已给诗篇赋予了政治与道德特性。如"不学诗，无以言"（《论语·季子》篇）、"人而不为《周南》《召南》，其犹正墙面而立也与"（《论语·阳货》）这样，为学诗篇赋予道德立场方面的意义。如此，诗篇逐渐倾向于传说化、古典化，而在孔子时则已经成为古典。诗句的诵读、诗句的引用，都给其说教带来坚实的根据。在这样的意义下，诗篇的历史性颇多疑问；即便如此，对于《左传》中出现的赋诗之风，依然需要有所了解。

赋诗断章

相对于仪礼时按一定次序演奏的入乐之诗，宴饮时自由歌咏之诗可称为"无筭乐"。除了固定的仪礼诗以外都属无筭乐，一部分仪礼诗也会用于宴饮之中。人们会对应现场的氛围，即兴选用适于表达心情的章句，交由乐官歌咏。这就是所谓"赋诗断章"（《左传·襄公二十八年》），与全篇诗意毫无关系，只是所谓"朗咏风"的用法。

《左传》里赋诗的故事有六十五条，为飨宴时或与外国使臣之间以诗篇互为唱酬。因此，若选择的诗篇不恰当，或不能理解对方赋诗之意，即为失礼，会因有辱主命的无知行径遭到指责。鲁文公四年（前623年），卫之宁武子作为使者去鲁，鲁侯命乐人歌《小雅》的《湛露》与《彤弓》之诗，宁武子未做答礼，也没有赋诗应答。鲁侯不解，派外交官私下会见问询理由。武子回答，此二篇是天子赐予诸侯之诗，故不答谢。这是鲁侯对诗的选择不正确。还有昭公十二年（前530年），宋之华定作为使者来鲁，鲁侯使人赋《蓼萧》一诗。此为欢迎宾客夜饮之乐的诗，华定不知此诗何意，也未答赋。识者批评华定，如此有辱主命，晚节不保。这是认为，若无诗篇的教养，便没有做外交使臣的资格。《论语·子路》中，也载孔子之语，认为虽学了诗，但不能作为使臣应对，学问亦属无用。有时诗篇的选择不适当，乐官会拒绝演奏（《左传·襄公十四年》）。诗篇的唱酬，被视为外交上的重要仪礼。

但是《左传》里出现的赋诗断句故事多有疑问。例如，宁武子不愿答赋的《湛露》与《彤弓》被视为天子之诗，而在《毛传》的解释里，此诗却不限于天子之诗。《湛露》的"岂弟君子 莫不令仪"，《彤弓》的"我有嘉宾 中心好之（欢迎招待）"等句，作为天子之诗便很不恰当。《左传》对诗的解释与《毛传》大体一致，想来这种故事的形成，也应与《毛传》的诗经学有关。

"二雅"之诗原本就是仪礼与飨宴之诗，作为贵族社会的教养自然是耳熟能详。即便到了王朝期终结之后，包括《国风》在内的诗篇之教养依然受到尊重，诗的表现作为雅语则更受推崇。在

《左传·成公十年》中，晋之郤至使楚，在飨宴开始时，阶下演奏起天子诸侯飨宴用钟所奏的金奏之乐，郤至惊慌地跑到外面。临席的楚大臣子反唤他道："日云莫。寡君（我们的君王）须。吾子（君）其入也。"这或是当时的雅语，类似诗所用的优美用词。还有宣公二年（前607年），赵盾的族人杀晋灵公。厌恶晋的政局而亡命途中的赵盾，不得已从国境附近返回。以良史而闻名的董狐，却因身为族长的赵盾身在国内，认为他难辞其咎，故而公然记下"赵盾弑其君"。赵盾叹息道："呜呼！'我之怀矣　自诒伊戚（因为不能断念，招致这样的结果）'，我之谓矣。"此诗句见于《邶风·雄雉》。这样的诗句于咄嗟之际立时浮现而出，盖因诗篇在生活之中依然生动鲜活。

在《论语·阳货》中，提及权力极大的鲁陪臣阳货之语。这位掌权者想把被视为知识社会权威的孔子收于门下以获取名声，便伺机会面。孔子巧妙地回避开不想会面，他就以蒸豚相赠。长者给予赠物需亲往答谢，是当时的礼节，阳货就企图趁此机会说服孔子。但孔子已察其意，遂在确认阳货不在家时前去答谢，在归途中却不走运碰到了这位掌权者。于是这位权力欲附身的人，用"日月逝矣。岁不我与（时间过得很快，人不能永远年轻）"这样如诗般的优美之言，劝孔子出仕。就连当时这般肆无忌惮不知廉耻的权势家，都能解诗如此。

在《论语》里，有关诗篇的章节有二十条。孔子将其作为重要的教材，诵读时用雅言即标准音。举出诗句教诲时，必以朗咏一样放声讽咏。弟子子路，不耻于身着敝衣，与着狐裘者并立，孔子称赞其勇气后，歌咏了"不忮不求　何用不臧"这句

《邶风·雄雉》中的诗句(《子罕》)。有时孔子会歌咏"唐棣之华 偏其反而 岂不尔思 室是远而（唐棣的花左右齐开。非是我不想念你，但你家太远了啊）"，并加以说明："未之思也，夫何远之有？"《论语》引用诗句时，并不用"诗曰"这样的引用形式，或是因为孔子在提示诗句时，会放声讽咏。或许当时，对诗句的处理类似日本的朗咏一样，因此当时的贵族可以将诗句的表现应用于日常语言的生活之中。但是如朗咏这样截取诗句来使用的习惯，势必使诗句从原诗的意义割裂出来，从而只能使用其表现范围的语意，即成为所谓断章取义。《左传》所提到的"赋诗断章"便是如此。《左传·襄公二十八年》就提到"赋诗断章，余取所求焉"。以《论语》为例，"不忮不求"一句出自《雄雉》，当是歌咏失去男人爱情的女子之哀叹。而孔子不顾此诗原意，只取此二句，用为遵守节度之意。《左传》的赋诗故事，也多是这样断章取义的解释；由此看来，便可以把这些故事，断为从春秋末期到战国中期，诗经学逐渐形成时，编造出来的传说物语。

诗篇与传说

《孟子》里多有引用诗篇之处。在七篇二百六十一章中，有二十三章引用了诗句。《论语》尽管把诗篇作为古典对待，也只是参考性地引用；而《孟子》则将诗篇作为其思想与政策论述的根据，用以支持其思想。例如《大雅·烝民》的"天生烝民 有物有则 民之秉彝 好是懿德"（参见本书168页）之句，作为人之德性是先决、内在之物的依据；又如《小雅·大田》的"雨我公

田　遂及我私"作为古代井田制（将一区划分为九，中央作为公田进行共耕，其余各取其一作为私田耕种的古代田制）难以撼动的实证来引用。诗篇作为"经"遂被完全圣典化。很可能有关诗篇的学问，也从此拥有了经学的特性。

论及诗篇，孟子的先辈有位叫高子的学者。据《孟子·告子下》载，对高子批判《小雅·小弁》之诗为"小人之诗"，孟子提出了反驳。这里的前提在于下面的诗篇解释，即幽王废申后所生的太子时，负责教导太子的伯奇作《小弁》之诗，故此为代太子怨愤幽王之诗。孟子认为，难以如此默认亲人的过错，所以率直歌出怨愤的感情，应该肯定为对亲人的爱情。《诗序》即认为伯奇作《小弁》；可能在当时，已经出现与此相同的说法。《小弁》是一首诗意难明的诗作，其末章与《谷风》二篇的末章有同样的表现，或应是弃妇之诗。

高子之说，除此以外还有指出《周颂·丝衣》为"歌灵星之尸（祭祀时代神之物）"的说法，见于今本《毛传》，高子应是对《毛传》的形成具有一定影响的人。诗篇里有《黄鸟》（参见本书146—147页）与《定之方中》（歌卫迁都事。前658年）这样明显歌咏当时事实的诗，因此即产生了探求古代诗篇创作本事的解释法；而在孟子时，这种方法好像还未流行。例如《豳风·鸱鸮》，后世诗经学认为是周公述其政治上的苦衷之诗；而孟子就这首诗，则引用了孔子所谓"为此诗者，知其道乎？善治其国家，谁敢侮之"（《公孙丑上》）。《鸱鸮》与周公传说之间的关系，亦见于《尚书·金縢》，而极为仰慕周公的孔子与孟子都未采用周公说，想来在当时这种解释尚未提出。《左传》素来喜欢一切悉以传说故事来解说，如许穆夫人与《载驰》（闵公二年）、召穆公与《常棣》（僖公二十四年）、周之芮良夫与《桑柔》（文公元年）、《秦风·黄鸟》之诗（文公六年）、武王与周颂（宣公十年）等，但也只是在数件事中说及作者而已。对于诗篇的故事性解释，在《左传》成书之时（战国中期）也未流行。只是《左传》对诗篇的理解和对诗句的解释中，已经多有对原诗的背离，对诗篇本来的理解已在很大程度上丧失了。

根据记载前汉末典籍状态的《汉书·艺文志》，汉初之诗除鲁、齐以外，还有韩婴所传《韩诗》。而此《三家诗》如今尽皆湮灭，只有《韩诗说》的附属部分《韩诗外传》流传下来，其余的只残留若干逸文而已。《艺文志》论三家诗说曰："汉兴，鲁申公为诗训故，而齐辕固、燕韩生皆为之传。或取春秋，采杂说，咸非其本义。与不得已，鲁最为近之。"认为三者都不过是丧失了诗篇之本意的杂说。

据《鲁诗说》，则《关雎》是讽刺周康王怠于朝政之诗。但据《史记》，成康之治是周之盛世，未用刑罚达四十年，《鲁诗说》与此通说相反。《鲁诗说》还认为同属《周南》的《芣苢》，是苦于丈夫恶疾的妻子之叹这样的宗女之诗。其诗为：

采采芣苢　薄言采之
采采芣苢　薄言有之　第一章

是为采摘车前子之歌，三章叠咏。芣苢有"胚胎"之音，此乃为求子而摘草，认为哀叹丈夫的恶疾则未免多虑。《齐诗》中关于

《关雎》的说法与《鲁诗说》相同。认《王风》为鲁之《国风》的说法尚有异说，不过视之《扬之水》（参见本书11页）等诗，《齐诗说》的错误是显而易见的。

对于《三家诗》的故事性解释学的最大发展，应是《毛传》《郑笺》。现试以观之其对于《齐风》之诗的解释方法。

《齐风》十一篇，其中《南山》《甫田》《卢令》《敝笱》《载驱》《猗嗟》等六篇，毛、郑认为是齐襄公与嫁给鲁桓公的妹妹文姜之间有不伦，而以这些诗批判之。《南山》歌曰：

南山崔崔[1]　雄狐绥绥[2]

鲁道[3]有荡[4]　齐子[5]由归

既曰归止　曷又怀止　第一章

1. 险峻屹立。　2. 貌似寻找什么而慢行。　3. 通往齐、鲁两国的大路。　4. 宽广平坦。　5. 齐之女人。

诗意是说：思慕的女子嫁到他国，可为什么总会思慕她的足迹？雄狐是对好色男子的比喻，故应是嘲笑这种男子之诗。之后的《甫田》歌曰：

无田甫田[1]　维莠[2]桀桀[3]

无思远人　劳心怛怛[4]　第二章

婉兮娈[5]兮　总角[6]丱[7]兮

未几见兮　突而弁[8]兮　第三章

1. 广阔的荒田。　2. 状如稻子的杂草。　3. 繁茂丛生。　4. 徒然操心。　5. 年轻貌美。　6. 角发。古代少年的发型。　7. 垂向两侧的发型。

8. 成人时梳扎头发。

诗意是说：对于远人的思念，好似耕作野草丛生的荒野。短时未见，远方的角发少女就扎起头发成为人妻了啊。这也是嘲笑所思之人已嫁与他人，而犹不死心的男人之诗。

《卢令》是狩猎之歌，是有着"卢令令 其人美且仁"的二句三章的短诗。卢是指猎犬，令令是铃铛的声音。这应是走马且歌之诗。此诗在《毛传》里，竟也被认为是讽刺襄公喜好狩猎，不顾民利之诗。

关于《敝笱》前文已有阐述（参见本书 110 页），是结婚的祝颂歌。诗中"敝笱在梁 其鱼鲂鳏"，说残破的鱼篓无法制服大鱼，则意在说鲁桓公既为小国，无法抑制夫人的不伦；然所歌笱与鱼分明是结婚所用之兴，这里亦为附会之说。《载驱》的第三章有：

汶水汤汤[1]　行人彭彭[2]
鲁道有荡　齐子翱翔[3]

1. 水流盛大貌。　2. 往来众多貌。　3. 鸟飞翔貌。这里指军容。

第四章有"汶水滔滔"，末句还有"齐子游遨"。《毛传》认为这是在描写襄公和文姜密会的情形；但讲到水流之盛，如《大雅·江汉》第一章"江汉（水名）浮浮　武夫滔滔（勇武貌）　匪安匪游（并非观览游山）　淮夷来求（是来讨伐淮夷）"，是形容军行之盛的表达，"翱翔""游遨"也都是讲显示威严的军队的行动之语。《郑风·清人》即歌咏尝试向邻国显示威严之诗,其各章末句有"河上乎翱翔""河上乎逍遥""中军作好",彰显其勇武之状。

《猗嗟》第二章有:

猗嗟名¹兮　美目清兮　仪²既成兮
终日射侯　不出正³兮　展我甥⁴兮
1. 前额美丽貌。　2. 风采卓越。　3. 靶子的中心。　4. 女儿之子。

《毛传》认为,"我甥"一语暗示,桓公之子庄公其实是文姜所生的襄公之子。诗篇中所见的伯与叔、甥等,都是表示亲爱之语,并不一定表示实际的亲族关系。以上六篇皆与文姜传说毫无关系,将其作为民谣品读,自然一目了然。

文姜传说,在据称孔子最终整理的鲁《春秋》中记载,桓公十八年(前694年),鲁桓公赴齐时遭暗杀,《左传》认为此事乃因发现文姜不伦而导致。在此之后的翌年三月与冬日,还有三年后的春天,及在此后一年的夏天,以及再之后二年的春与冬之时,都记载了夫人与齐侯相会之事。

文姜不伦的故事,或是事实。但是《史记·鲁世家》中,桓公死后文姜大归于齐,而未返回鲁国;《齐世家》认为其事在文姜入嫁以前。司马迁所见之《春秋》与《左传》,应与今本殊为不同。

据《汉书·地理志》,齐有留家中长女为"巫儿",以侍奉家庙的风习。文姜是齐僖公的长女,却违背祖制入嫁鲁国,或许这就是产生如此传说的理由之一。据汉代的占卜书《易林》载,文姜是齐之季女；一般季女定会充当巫儿。无论如何，或许将对巫儿出嫁的指责加在文姜身上，而产生出不伦的传说，最终附会到诗篇的解释上。这就是所谓春秋杂说之类。

对于诗篇的传说性解释，一般来说都是毫无根据的。如《邶风·绿衣》（参见本书26—27页）本是优美的悼亡之诗，却被认为是叹息庄姜失宠、群妾僭上；《唐风·无衣》（参见本书28页）本是可怜的恋爱诗，却被认为是晋武侯企盼受封为诸侯之诗，都是滑稽可笑的。这与《记》《纪》歌谣全都解释成传说故事里的作品，并无任何区别。

诗学始于包含《毛诗》在内的四家诸说。后汉时，班固尖锐地指出，这些皆为春秋杂说，皆为不足采取的杂说。诗学必须从完全抛弃这些俗说来出发。由此开始，才能打开将诗篇作为古代歌谣正确理解的道路。

诗经学的发展

《毛传》乃是民间之学。前汉博士官所立《三家诗》之学，是用当时的隶书体文本，称为"今文学"。相反，《毛诗》则与《左传》《周礼》一起，为战国期的古文文本，称"古文学"。《后汉书·儒林传》提到，谢曼卿修《毛诗》而传卫宏，卫宏作《诗序》。《毛诗》现世，乃在后汉初年。后汉末，郑玄开始学三家之诗，后修《毛诗》而作《笺》，加以《三家诗》的内容，此学遂为大成，从诗篇的时代至此已近千年。此后唐代孔颖达奉敕编《五经正义》时，在诗篇中加入《毛传》《郑笺》并为之注疏。此

《毛诗正义》遂被视为诗经学正统，今文系的《三家诗》之学就此灭亡。

在权威主义的传统稳固统治的唐代，怀疑毛郑诗学的人几乎不存在。但在五代的丧乱之中旧势力崩坏，在宋代兴起了崭新的理性主义精神，对此诗学也投以怀疑的目光。先是欧阳修著《诗本义》，怀疑对二南的解释，也提出对文姜传说的疑问，展示了批判性的态度。接着，苏辙著《诗集传》，以《诗序》为卫宏集录、非先秦之学而删削之。进而，南宋的朱子亦在《诗集传》中，采取对《诗序》、毛郑之说全面否定的态度。朱子把历来被传说式解读的《国风》大部分诗歌解释为恋爱诗，并毫无忌惮地断言其为"淫奔者之诗也"。但对诗意不明的作品，他依然沿用旧说，对《邶》《鄘》《卫》《齐》《唐》等诗篇，还是加以庄姜、文姜等传说故事来解释。朱子的诗经学，随着朱子学的风靡于世，取代了毛郑的地位。诗篇被称为"经"，即由朱子学派开始；而诗篇中多有"淫奔者之诗"未免太不合适，故有王柏这样的论者，要将《诗经》中的恋爱诗尽皆删除。这样，诗篇终于迎来了自由研究的时代。

清代兴起实证性研究方法，对《诗经》的训诂研究也大行其道。一些学者标榜经世致用的学术，逐渐开始探求传统的渊源，加深对传统的确信，而形成实事求是的实证学风。诗篇之难以理解，其中之一在于作为口传文学的诗篇后经笔录而流传，会多有语义不明之处。这样的训诂研究，结集的有马瑞辰《毛诗传笺通释》、陈奂《诗毛氏传疏》，能够加深对古语的理解。但是这些著述都以《毛诗》为题，都是介于《传》《笺》之间，主要在于恢复古训，几乎不涉及对诗篇本身的理解，难免有入山不见山之感。

在清代的诸多著作里，清末崔述的《读风偶识》是富有批判精神的异色研究。对诗篇的传说性解释，从严密的历史主义立场出发进行检讨批判，并基本上予以否定。同时他的立场在于，诗篇本来就是民谣，作为经典处理乃是本质性的错误；诗篇与后世的文学作品相同，都应该视为其时代的文学。崔氏之学贯彻了这种历史主义，将诗篇作为文学作品来理解的方法其意图也是正确的，但还尚未达到充分的自觉。

进入民国，兴起以顾颉刚为中心之疑古派的古典批判，对古代史进行犀利的批判。在其论文集《古史辨》（第三册，民国20年）中，收有关于诗篇的论文五十一篇；不过其方法依然具有很强的历史主义理性主义倾向，并没有开拓对作为文学的诗篇之新方法论。经学的传统太过沉重，古代歌谣要想在这样的封闭之中得到解放，是不可能从中国传统之中实现的。

诗篇的新研究法，反而由没有传统重压的外国人开拓出来。法国东洋学者葛兰言的《古代中国的节庆与歌谣》（1919年，内田译，昭和十三年）即是这样的作品。葛兰言认为，诗篇是古代季节性祭礼与舞蹈之时即吟的即兴文学作品。诗篇是在这样的祭礼场合之中争相歌咏的口诵文学。具田园主题之诗，举出《周南·螽斯》等二十一篇；村落恋爱之诗，举出《唐风·葛生》等二十一篇；山川之歌谣，举出《周南·汉广》等二十三篇。不过《螽斯》（参见本书80页）为祝颂的咒歌，《葛生》（参见本书142页）为悼亡的挽歌，《汉广》（参见本书36页）为祭祀水神的祭礼歌，则对于这些诗篇的理解还是颇有问题。当时法国统治着法属印度支那,如日本曾致力于满洲、朝鲜研究一样,法国也在推进对东南亚历史与文化的研究。葛兰言便以这些地区遗存的歌谣,作为其推论的比较资料。虽然对诗篇的解释多有谬误,但由外国人提示古代歌谣研究方法论方面的问题,却极具启发意义。

若说葛兰言的方法是社会学的方法,则闻一多的方法就可说是民俗学的方法。他的《诗经新义》《诗经通义》为札记体,其范围也仅限于"二南"及《邶》《鄘》《卫》,并未涉及《诗》之全篇,作为研究可以说尚未完成。但作者敏锐地注意到作为民谣的表达与表现手法。对于结婚祝颂诗中的"鱼"、恋爱诗中的饮食,他都尝试给出了新的解释。

在日本,松本雅明有《诗经诸篇之成立的相关研究》(昭和三十三年,1958年)一书,以诗篇中的表达方法——兴为中心,来区别诗篇的新、古层次,并努力寻求此一方法的发展。他一反旧说,其结论认为,《国风》之较为古老的诗篇属于西周后期,雅、颂的大部分则为东周之诗。由村落部族的舞蹈诗发展而成的古代歌谣,随着村落的崩坏,向贵族的飨宴歌转移。这种现象,有似于日本在歌垣崩坏后宴游歌之形成。松本氏的研究,其推论的基础在于对奄美大岛残存的古代舞踏歌的研究,这与葛兰言将东南亚的歌谣作为比较推论资料的方法相同,但作为比较资料的歌谣性质,还存在一些问题。然而通过他们的研究,《诗经》的研究可以说迎来了新的阶段。

我曾写有《稿本诗经研究》(三册,昭和三十五年),大致记述了我的想法。诗篇的研究,存在着种种问题领域。就诗篇的理解之言,表达与表现乃是中心课题。作为《诗》的表达,所谓兴的本质，被松本氏规定为"气氛象征"；例如《关雎》之兴便解为：在微寒的风吹拂的春水边，新鲜的空气与萌生的生机盎然之喜悦，唤起了淑女与君子。这种把握是非常感性的。想来兴发自古代的思维方式，是一种带着原本咒诵性质的表达。歌谣就是古老的咒语，其表达也便存在固有的形式。在这里，鸟和鱼作为神灵的显现，采薪与采草作为有着预祝意味的行为，都具有固定为一定表现的倾向。这与日本的序词和枕词等形式化的表现不同，论其根本，是一种古老的思维，它在起源上乃是通过其表现，获得咒诵的意义。作为表达进行的歌咏获得咒诵的意义，并与主题相契合，这种关系大抵上与民俗性行为结合在一起。

在此一意义上，想来作为诗篇的比较资料，与日本的古代歌谣特别是《万叶集》进行比较研究，是最为有益的。中国所谓"招魂续魂"，日本所谓"魂振、魂镇"，这些民俗都是在将语言形诸歌咏的表现时，古代歌谣的世界就此形成了。面对神灵和自然，通过人类的所有灵性交流，通过表现实现与他人的融合，这就是古代歌谣。作为言灵的语言所具有的古代性质，借助歌咏而获得机能的。在这种意义上，诗篇与《万叶集》遂彼此相通。

在对日本古代歌谣的研究中，民俗学给予的丰硕成果，在诗篇的研究方面亦同样值得期待。但两者的比较研究，前提在于两者在历史条件上有着共通的东西。此一时期能举出的社会史方面的联系，在于古代氏族制的崩溃，以及随之出现的古代贵族社会的形成。作为比较研究的方法，则历史性、社会性的对应，应该是重要的条件。

诗篇的特质

古代歌谣的世界，亦是民族摇篮的时代。这是民族精神的原点，从而也是回归点。如《万叶集》那样，在回归到近代时仍能成为一场文学运动的例子，是较为稀少的；往往如在中国作为经书、在印度与伊斯兰世界作为圣典一样，成了思想与信仰的深奥源泉。

将诗篇作为经书，早就在特殊解释的基础上成为古典，对诗篇而言未见得希望如此。古代文学所具有的民族精神的活泼胎动，由此反而遭到权威化、形式化，结果是阻碍了丰富的生命流动。诗篇迷失在谜一样的解释学迷途之中，失去了对于古代文学正当的理解之道，对于诗篇而言可说是难以恢复的损失。恢复这种已成为化石的文学的生命，即便对于拥有优秀的古代歌谣集的日本来说，在多角度思考古代歌谣的本质方面也是重要的工作。

诗篇向来以难解著称。实际上，旧说那种可说是猜谜式解释，难以读解出当时丰富的生活情感与诗之精神。而即便是日本的《万叶集》，纵然问题稍有不同，也曾有过被遗忘的时代。对于《万叶集》，首先要做的第一件工作便是训读。如人麻吕的"東　野炎　立所見而　反見為者　月西渡"（一·四八）这首作品，要达到"東の野に炎の立つ見えてかへり見すれば月傾きぬ（立于东野上　残阳入眼睑　回首萧瑟处　明月故西斜）"这种训读，契冲与真渊[①]等人付出了绝非容易的辛苦。确定训读的工作，

[①] 契冲（1604—1701年），日本僧人，《万叶集》研究者。著有《万叶集代匠记》，以文献学的方法研究《万叶集》。真渊即贺茂真渊（1697—1769年），国学名家，著有《万叶考》等书。他将契冲等人的研究方法推进一步，除文献学方法外，也注重诗人的直观。——编者

可以说也是一种创作。而对于诗篇，这样的工作尚未完成。诵读古典在某种意义上往往是一种创作，对于诗篇来说尤为如此。

但是诗经学的困难甚多，比之训诂，更在于对诗篇的理解。要理解古代歌谣的表达与修辞之意，非要采用合适的方法不可。他们在歌咏自然，歌咏山川景色、草木繁茂、鸟兽灵动之时，会在其中赋予意义；他们因此而歌咏，作为与存在——包含人类在内——的灵性交往。所见所闻，都是与灵性世界最为直接的交往方法。摘草这种行为，就存在着一种象征意义。这种象征意义的相关表现，就是所谓兴的表达之本质。于此，存在着古代歌谣修辞方式的特质。这种特质，在日本的《万叶集》之中也十分显著。于古代歌谣理解之中要求民俗学方法，其缘由就在于此。

诗篇与《万叶集》尽管其表达基础类似，但两者的性质还是相当不同。古代歌谣所形成的历史条件虽是共通的，但条件的内容却差异甚大。纵然同样被称为氏族制和贵族制，在其体验方面、规模方面，以及内部构造方面，都未必相同。在中国，古代氏族制崩塌之时，居于其中的民众已经拥有很多社会体验：经历过几度王朝兴亡，也很早就推行了文字，正处于高度的青铜器文化时代。虽然同属氏族制社会，但可说是老练成熟的氏族社会。他们能够在社会关系当中把握自我。诗篇的《国风》里多有社会诗，可以看出阶级者的强烈意识，这在《万叶集》里是未曾看到的。《万叶集》起码还处于个人感伤与咏叹的次元。

贵族社会之诗——"二雅"当中，社会诗与政治诗占据更大的比重。除去若干仪礼诗，其大部分都是此类诗歌。贵族社会此前本来就具有这样的存在特性，但在《万叶集》里，这样的作品却几近于无，这一事实让人清楚地感到两者的世界何其不同。

尽管二者同属古代歌谣，但这个问题还是与诗的样式不同的问题互相关联。古代歌谣本来是民谣。诗篇直到最后，仍不放弃其在共同场域歌咏的歌谣性质。不论《国风》还是"二雅"，其主题都是社会场所当中的生活情感。感伤与咏叹，都在这种场所以一般化的形式提示出来。《万叶集》作为早期的创作诗，则沉浸于个人世界与心灵的内部，这表明在日本文学里，自古以来就倾向于缺乏社会性的特质。

诗篇则可以说与《万叶集》处于相反的方向。这种不同，在两者的文学发展上，表现为显著的倾向。在日本，社会性的问题大抵会收敛于个人心境的层面。而在中国，个人的问题有时会投影为社会问题，以与社会之关系的形式表现出来。

这一方面，在对待自然的态度方面也表现得相当显著。同样是由咒诵性的自然观出发，日本形成了几乎没有任何媒介的叙景歌。咒诵性的自然直接把握为生命的自然，产生出作为心像投影的观照世界。而在中国，自然诗的形成是在六朝以后的事了。虽然远远早于西欧，但与《万叶集》仍有很大悬殊。两者所志向的事物，从开始就是不同的。

中国文学一般缺乏明显的情绪性。与此同时，那些与社会现实紧密相连的人之深邃、复杂、宏大，却与之密切相关。即便李白这样超脱的诗人，尚有"大雅久不作　我衰竟谁陈"（《古风五十九首》）这样的豪言壮语。杜甫在诗中多弄儒者之言；白居易在其社会诗《新乐府》中以自己写诗的本领而自负。他们都在社会性当中寻求诗的传统。在此意义上，诗篇真正是这个国家文学精神的回归点之一。

　　文学的传统，一般是在知识社会中形成的，这一点在中国文学中尤为显著。中国繁琐的文字与修辞法，庶民本来难以接近；但换个视角来看，新鲜的感动往往属于民众。新文学样式的形成，其过程多是从民众间萌芽，而后进入到知识社会，最终得以完善。就诗篇而论，想来应是民谣变成贵族社会的宴乐之歌，对于"二雅"之诗也产生了影响。汉代的歌谣——乐府到魏晋古诗的过程，也是揭示由歌谣向创作诗发展的一个事实。乐府也是六朝、唐代流行的歌谣形式之诗——歌行体——的源流。六朝的民歌乃是短诗形式的原型，这也是难以否认的事实。同样的情况，在其他文学体裁上也可以想见。一种样式的完善，很快会带来精神的干渴。于是新的胎动又会在民众间兴起，志向于样式的完善。

　　本书特以诗篇中的《国风》作为重点。这不仅因为，对于古代歌谣的民俗学课题而言，《国风》的诗篇是蕴藏更丰的宝库，与日本古代歌谣的比较也较为重要。这也因为我觉得，将古代歌谣世界与其生活情感相结合，恢复诗篇所具有的感动，复苏已成化石的诗篇里存在的生命，这对于展示可称为中国文学原生特质的要素，是最为重要的工作。把诗篇正确定位为中国文学的起点，这便是我的意图所在。诗篇中亦有句曰"他山之石　可以攻玉"（《小雅·鹤鸣》）。我不断希望，热爱日本古代歌谣的人们，使得中国古代歌谣——诗篇，能够更具亲近性，更加广泛地被人诵读。

后 记

　　本人开始撰写《稿本诗经研究》三册，已是十年前的事情。这是一本大部头著作，只油印了少量，征求部分研究者的批评。此研究是我计划的一部分，因是在繁忙的课业之余所作，所以何时会完成，至今尚不得而知。因为经常遇到关于《诗经》的问题，又没有很多合适的概论书籍，注释书亦很难把握全部的要领。我作此书虽然不够充分，但还是希望起到概说性的效果。

　　很多人即便看《诗经》的注释书，对诗意依然难以索解，诗篇确实有其难解之处。但作为古代民谣的诗篇原本并非难解的作品，毋宁说是对诗篇的解读方法上存在问题。古代歌谣必定有古代歌谣的解读方法，所以有必要对这种方法进行考量。被认为最困难的地方，就是名为兴的表达方式与特殊的修辞手法。所以本书就以这两点为中心，重点在于把握诗的意义。同时，要对文学进行考量，总归必须对那个时代有所了解；于此，同时期的资料——金文即有很大作用。在第五章，已极其简略地述其大要。我期待通过这些，诗篇会成为多少易于亲近的文学，也期待以本书为入门，诗篇作为现存最古老的民谣、最古老的生活诗，亦能呈现其本来的光彩。

白川静
昭和四十五年四月

译后记

对于本学白川静老师在诗经学方面的研究,我是在进入立命馆大学文学研究科学习以后,才有所认知的。当时尚不知早在四十年前,白川静老师就凭借本书与《稿本诗经研究》,在国际诗经学研究领域开创了一个新的研究风潮。

有幸能接到这本书的翻译邀约时,颇感自己才疏学浅,亦不是专治诗经学的方家学者。除了请教各方师友专家以外,特向本学文献资料室申请借阅了白川老师《稿本诗经研究》及本书的部分手写底稿原件,详加学习理解。白川老师作为一个享誉全球的文字学家、汉学家,其对于《诗经》及诗经学的解构和释读早已超越了时代的局限。通过对于《诗经》的研究,白川老师所真正想要做到的,是还原以《诗经》为原点进而构建出的一个历史语境。白川老师对于时间和空间的双重诠释,以超越时空的呈现方式,为我们后来之人,展示了由诗篇、民谣及风俗所构成的人类文明的璀璨初诞。

在我正式翻译本书之前,恰逢本学召开了"白川学的现在与展望"[①]国际研讨会。与会各国学者老师,在谈及白川静老师诸多学术著作在出版翻译上面临的诸多问题时,特意提到了其诗经学

---

① 2016年12月3日,国際シンポジウム. 白川学の現在と展望, 立命館大学白川静纪念东洋文字文化研究所主催。

研究相关著作的出版及推广的必要性。出于对本学前辈先生的尊敬，以及年轻学人在学术推进上的必要担当，我怀着万分的崇敬与谨慎之心，尽自己的努力接受并完成了这本书的全部翻译工作。

这是我首本独立完成的学术译著。在翻译过程中，为了尽量贴合白川老师对于治学的准则，以及本书所特有语言文字表现方式，采取了贴近白川老师语言风格的中文表述，并将书中出现的所有《万叶集》《古今和歌集》等日本和歌民谣，按照白川老师于本书中翻译《诗经》的模式，尽我所能地翻译成了五言表述形式。此种尝试尚属首次，仍存许多问题，希望各界师友同仁批评指正。

在本书的翻译过程中，未曾参考借鉴以往任何的非日文版本的内容。由于出版发行上的一些客观原因，出版方将书名从我所直译的《诗经——中国的古代歌谣》更改为现发行书名。感谢出版方在此书编译过程中所付出的辛劳与努力。同时，对所有关心和关注这本书的学界、出版界师友同道，致以最诚挚的谢意。

黄铮

图书在版编目（CIP）数据

诗经的世界 /（日）白川静著；黄铮译. -- 成都：
四川人民出版社, 2019.4（2021.8 重印）
ISBN 978-7-220-11201-0

Ⅰ.①诗… Ⅱ.①白… ②黄… Ⅲ.①《诗经》—诗歌研究 Ⅳ.① I207.222

中国版本图书馆 CIP 数据核字 (2019) 第 024147 号

四川省版权局
著作权合同登记号
图字：21-2019-112

SHIKYO
BY Shizuka SHIRAKAWA
Copyright © 1970, 2002 Shizuka SHIRAKAWA
Original Japanese edition published by CHUOKORON-SHINSHA, INC.
All rights reserved.
Chinese (in Simplified character only) translation copyrignt © 2019 by Ginkgo (Beijing) Book Co., Ltd.
Chinese (in Simplified character only) translation rights arranged with CHUOKORO-SHINSHA, INC. through Bardon-Chinese Media Agency, Taipei.
本书中文简体版权归属于银杏树下（北京）图书有限责任公司。

SHIJING DE SHIJIE
诗经的世界

著　者	［日］白川静
译　者	黄　铮
选题策划	后浪出版公司
出版统筹	吴兴元
编辑统筹	梅天明
特约编辑	暮　影
责任编辑	邹　近
装帧制造	墨白空间·肖　雅
营销推广	ONEBOOK
出版发行	四川人民出版社（成都槐树街 2 号）
网　址	http://www.scpph.com
E - mail	scrmcbs@sina.com
印　刷	北京天宇万达印刷有限公司
成品尺寸	143mm × 210mm
印　张	7.25
字　数	156 千
版　次	2019 年 4 月第 1 版
印　次	2021 年 8 月第 2 次
书　号	978-7-220-11201-0
定　价	42.00 元

后浪出版咨询（北京）有限责任公司常年法律顾问：北京大成律师事务所　周天晖　copyright@hinabook.com
未经许可，不得以任何方式复制或抄袭本书部分或全部内容
版权所有，侵权必究
本书若有质量问题，请与本公司图书销售中心联系调换。电话：010-64010019